巨神計画 上

シルヴァン・ヌーヴェル

アメリカの片田舎で少女ローズが発見した，イリジウム合金製の巨大な“手”と，謎の記号群が刻まれたパネル。それらは明らかに人類の遺物ではなかった。長じて物理学者となったローズの分析の結果，その手は6000年前に地球を訪れた何者かが残した，体高60メートル超の人型巨大ロボットの一部分であると判明。そして，謎の人物“インタビュアー”の指揮のもと，地球全土に散らばっているはずのすべてのパーツの回収・調査という，空前の極秘作戦がはじまった。原稿段階で刊行よりも早く即映画化が決定した，巨大ロボット・プロジェクトSF開幕！

登場人物

インタビュアー……………プロジェクトの推進者
ローズ・フランクリン………物理学者。ロボットの発見者
カーラ・レズニック…………アメリカ陸軍のヘリパイロット
ライアン・ミッチェル………アメリカ陸軍のヘリパイロット
ヴィンセント・クーチャー……言語学専攻の大学院生
アリッサ・パパントヌ…………遺伝学者
ロバート・ウッドハル…………安全保障担当のアメリカ大統領補佐官

巨神計画　上

シルヴァン・ヌーヴェル
佐　田　千　織　訳

創元ＳＦ文庫

SLEEPING GIANTS

by

Sylvain Neuvel

目次

プロローグ　一
第一部　体のパーツ　一五
第二部　脚を折る　一三七
第三部　ヘッドハンティング　二三五

下巻　目次

第四部　痛　手
第五部　蜂　起
エピローグ
謝　辞
著者について
解説　渡邊利道《わたなべとしみち》

『巨神計画』はフィクション作品である。作中に登場する名称や場所、人物、出来事は著者の想像の産物、もしくは架空のものとして使用されている。実在の人物――その生死に関わりなく――や出来事、あるいは場所との類似はまったくの偶然である。

テオドールへ

さあ、《マントナン》ぼくらはおまえに本を読むことを教えてやろう《オン・ヴァ・トゥ・アプラーンドル・ア・リール》……そして英語を《エ・ル・アングレ》。

巨神計画　上

プロローグ

その日はわたしの十一歳の誕生日だった。わたしは父さんから新しい自転車をもらっていた。ハンドルに房飾りがついた白とピンクの自転車だ。早く乗りたくてうずうずしていたのだが、友だちがきているあいだは両親はわたしを家から出したがらなかった。もっとも彼らとはほんとうに友だちだったわけではない。わたしはけっして友だちをつくるのが得意ではなかった。好きなのは本を読むこと、森を散歩すること、ひとりでいることだった。そして同年代のほかの子どもたちと一緒にいるといつも、少し居心地悪さを感じた。

そんなわけで誕生日がくると、両親はたいてい近所の子どもたちを招待した。大勢の子どもたちが招かれ、なかにはろくに名前も知らない子もいた。みんなとても親切で、全員が贈り物を持ってやってきた。だからわたしは家にいた。蠟燭《ろうそく》を吹き消した。プレゼントを開けた。愛想よくにこにこした。あの自転車の試し乗りに出かけることで頭がいっぱいだったから、どんな贈り物をもらったかはほとんど思い出せない。全員が帰った頃にはそろそろ夕食の時間で、わたしはもう一分も待ちきれなかった。じきに外は暗くなってしまう。そうなれば父さんは朝まで家から出してくれないだろう。

　わたしは裏口からこっそり抜け出すと、めいっぱい速くペダルを漕《こ》いで、通りの突きあたりに広がる森に入っていった。自転車のスピードを落としはじめたのは、たぶん十分ほどしてからだったと思う。ひょっとするとあたりが少し暗くなりすぎていることに落ち着かなくなり、引き返そうかと考えていたのかもしれない。もしかしたら疲れていただけかもしれないが。わたしは一分ほど止まって、枝を激しく揺らす風の音に耳を澄ましていた。もう秋だった。森の木々は色とりどりに染まり、丘の斜面に新たな深みをもたらしていた。まるで雨が近づいているかのように、空気が突然ひんやりして湿り気を帯びた。ちょうど太陽が沈んでいくところで、木々の向こうに見える空はハンドルの飾り房とよく似たピンクだった。

　後ろでポキンという音がした。野ウサギだったのかもしれない。なにかがわたしの視線を丘のふもとに引き寄せた。わたしは小道に自転車を残して、行く手を遮る枝をどけながらゆっくりと進みはじめた。まだ木の葉が落ちていないので見通しは悪かったが、得体の知れない青緑色の光が木の枝の隙間から漏れていた。その光が正確にどこから射しているのかはわからなかった。川ではない。遠い水音が聞こえていたが、光の源はそれよりずっと近くにあった。それはありとあらゆるものから発しているようだった。

　丘のふもとに着いた。そのとき足の下の地面が消えた。

　そのあとのことはあまりよく覚えていない。長いあいだ気を失っていて、意識が戻ったときには太陽が昇りかけていた。父さんが十五メートルほど上に立っていた。唇が動いているのが見えたが、声は聞こえなかった。

わたしが落ちた穴は真四角で、自分の家と同じくらいの大きさだった。壁面は黒っぽく平らで、そこに刻まれた複雑な記号から発する鮮やかな美しい青緑色の光で輝いていた。周囲にあるほぼすべてのものから光が発していた。両手を動かしてあたりを少し探ってみた。わたしは土と石と折れた木の枝のベッドの上に横たわっていた。そうした破片や残骸に覆われた表面はかすかに湾曲し、滑らかな感触で、なんらかの金属のように冷たかった。

それまで気づいていなかったが、上のほうには黄色い上着姿の消防士たちがいて、穴のまわりで忙しく動きまわっていた。わたしの頭から数メートルのところにロープが一本落ちてきた。じきにわたしは担架に固定され、日の光のなかへと吊り上げられていった。

その後父さんは、そのことについて話したがらなかった。わたしが落ちたあの穴はなんだったのかと尋ねても、そのつど即興で新しい説をでっち上げるだけだった。一週間ほどたったとき、誰かが玄関のベルを鳴らした。父さんに出てくれるよう声をかけたが返事はなかった。そこでわたしは階段を駆け下り、ドアを開けた。それはわたしを穴から救い出してくれた消防士のひとりだった。彼は写真を何枚か撮っていて、わたしが見たがるだろうと思ったのだ。たしかにそのとおりだった。そこにはわたしが写っていた。穴の底にいるそのちっぽけな人影は、巨大な金属の掌《てのひら》の上に仰向《あおむ》けに横たわっていた。

第一部　体のパーツ

ファイル番号〇〇三
エンリコ・フェルミ研究所上級研究員、ローズ・フランクリン博士との面談
場所：イリノイ州シカゴ市、シカゴ大学

――その手の大きさは？

――六・九メートル、約二十三フィートありました。もっとも十一歳の子どもには、ずっと大きいように思えましたが。

――事故のあとはどうされました？

――なにも。あのあとわたしたちがその話をすることは、あまりありませんでした。わたしは同じ年頃の子どもなら誰でもそうするように、毎日学校に通いました。そしてわが家では誰も大学に進んだことがなかったので、家族から学業を続けるよう強く勧められたんです。学校では物理学を専攻しました。

なにをおっしゃろうとしているのかはわかります。あの手がきっかけで科学の道を志したとお話しできればいいのですが、わたしはもともと科学が得意だったんです。両親は早くから、わたしにその才能があるらしいと気づいていました。クリスマスに初めて科学実験キットをもらったのは、四歳のときでした。例の電子工学キットのひとつです。針金をぎゅっと巻いて小さな金属のばねにすることで、電信機やなにかをつくることができるんです。あの日、父のいうことを聞いて大人しく家にいたとしても、なにか別の道を選んでいたとは思いません。

とにかくわたしはカレッジを卒業し、自分がやり方を知っている唯一のことを続けました。学校に通ったんです。わたしがシカゴ大学に合格したのを知ったときの父の様子を、ぜひお見せしたかったです。あれほど誇らしげな人を見たのは生まれて初めてでした。本人が百万ドルを獲得しても、あんなに喜びはしなかったでしょう。博士課程を終えると、大学はわたしを雇ってくれました。

――ふたたびあの手を見つけたのはいつのことですか?

――見つけてはいません。探していたわけではありませんから。十七年かかりましたが、あれがわたしを見つけたともいえるでしょう。

――なにがあったのでしょう？

――あの手にですか？　あれが発見されたとき、現場は軍に占拠されました。

――それはいつ？

――わたしが落ちたときです。軍が介入してくるまでに八時間ほどかかりました。ハドソン大佐――たしかそんな名前だったと思います――がそのプロジェクトを任されたんです。彼は地元の出身でしたから、そのあたりのほぼ全員と知り合いでした。わたしは一度も会った記憶はありませんが、彼に会ったことのある人から聞いた評判は好意的なものばかりでした。わたしはかろうじて残っていた彼の記録――そのほとんどは軍によって編集されたものでした――を読みました。任務にあたっていた三年のあいだずっと、ハドソンはおもに例の壁の記号が表している意味をつきとめることに集中していました。あの手自体――たいていは「人工物」と呼ばれていました――については、ついでのようにほんの数回、何者であるにせよあの空間を築いたものがそうとう複雑な宗教体系を持っていたにちがいない証拠として触れられているだけです。たぶん彼の頭には、こうあってほしいというかなり明確な考えがあったのでしょう。

――あなたはあれがなんだったと？

――見当もつきません。ハドソンは職業軍人でした。物理学者ではありません。考古学者でもありません。人類学や言語学に類する、ああいった状況下でほんのわずかでも役に立つようなことは、いっさい学んだことがありませんでした。彼がどんな先入観を抱いていたにせよ、その出所はきっとインディ・ジョーンズやなにかの大衆文化だったにちがいありません。幸い彼のまわりには有能な人たちがいました。それでも責任ある立場にいながらほとんどの時間はなにが起こっているのかさっぱりわからないというのは、きっときまり悪かったでしょうね。

興味深いのは、彼らがどれほど躍起になって自分たちの調査結果に対する反証を挙げようとしたかです。彼らの最初の分析結果は、その空間がおよそ三千年前につくられたものであることを示していました。それが自分たちにとっては受け入れがたい数字だったため、彼らは手の上で見つかった有機物の放射性炭素年代測定を試みました。その分析が示した結果はさらにずっと古く、五千年から六千年前でした。

——それは予想外だったと？

——そういっていいでしょう。その結果がわたしたちのアメリカ文明に関するあらゆる知見と相容《あいい》れないのを、理解していただかなくては。わたしたちが知っている最古の文明はペルーのノルテ・チコ地域で見つかったもので、あの手はそれより約千年以上古いもののようでした。たとえそこまで古くはなかったとしても、南米からはるばるサウスダコタまで巨大な手を運んでくるようなものが誰もいなかったのはまず間違いありませんし、北米にはずっとあとになるまで、そこまで進んだ文明は存在しませんでした。

結局ハドソンのチームは、そのような放射性炭素年代が出たのを周囲の物質に汚染されたせいにしました。数年にわたって不定期に調査を行ったあとで、あの遺跡は千二百年前のものと確定され、ミシシッピ文明から派生したなんらかの文明の礼拝所に分類されました。

わたしはそのファイルを十回以上、細かく調べました。そこにはどんなものであれ彼らの理論を支える証拠はいっさいなく、そのデータが示唆していると思われる、なにより筋が通る事実があるだけです。わたしにいわせれば、ハドソンはこのすべてに軍事的な価値があるとはまったく思っていませんでした。おそらく彼は地下の研究施設で自身の軍人生命がゆっくりとしなびていくのを予期して憤慨し、たとえ理屈に合わなくてもそこから抜け出すためだけに、どんなことでもいいから考え出そうと懸命だったのでしょう。

――それで彼は？

――抜け出せたかですか？　ええ。三年ちょっとかかりましたが、ついにハドソンは望みを叶えました。犬の散歩中に発作を起こして昏睡《こんすい》状態になったんです。数週間後に死にました。

――彼の死後、プロジェクトはどうなりました？

――どうも。どうもなりませんでした。例の手とパネルはプロジェクトが軍の手を離れるまでの十四年間、倉庫で埃《ほこり》をかぶっていました。それからシカゴ大学が国家安全保障局《NSA》の財政的支援を得て調査を引き継ぎ、どういうわけかわたしが、子どもの頃にその上に落ちた手の研究を任されたというわけです。本気で運命を信じているわけではありませんが、とても「奇遇」の一言では片づけられないでしょうね。

――いったいなぜNSAが考古学上のプロジェクトに関わることに？

——わたし自身、同じ疑問を持ちました。ＮＳＡはあらゆる種類の研究を支援していますが、今回の件は彼らがふだん関心を示す分野から外れているように思えます。もしかしたら暗号理論の関係で、あの言語に興味を持ったのかもしれません。それともあの手の素材に関心があったのかも。とにかく彼らはそうとうな額の予算を出してくれましたから、あまり穿鑿《せんさく》はしなかったんです。すべてを人類学部に引き渡す前に、わたしはハードサイエンスを扱う小規模なチームを与えられました。プロジェクトはいまだに最高機密扱いされていて、ちょうど前任者がそうだったように、わたしは地下の研究所へ移動させられました。きっとわたしの報告書はお読みになっているでしょうから、そのあとのことはご存じでしょう。

——ええ、読ませてもらいましたよ。あなたはわずか四カ月後に報告書を提出されました。なかには少々急ぎすぎだと考えるものもいたかもしれませんね。

——あれは予備的な報告書でしたが、そうですね。でも時期尚早だったとは思いません。まあ、たしかに少し急ぎすぎた面はあるかもしれませんが、わたしは重大な発見をしていましたし、手持ちのデータではもうたいして研究を進められるとは思っていませんでした。だとしたら、どうして待つ必要があるでしょう？　あの地下の空間には、わたしたちが寿命の何倍もの時間をかけて推測を続けられるだけのものがあるんです。とにかくもっとデータが手に入らなければ、わたしたちがこの件から得られる知識はもうあまりないと思います。

——わたしたちというと？

——わたしたちです。わたし。あなた。人類。なんでもかまいません。あの研究所には、いまの段階ではわたしたちにはどうしても手の届かないものがあるんです。

——いいでしょう、ではあなたが理解していることを教えてください。あのパネルについてわかっていることを。

——すべて報告書に書いてあります。全部で十六枚あり、縦横の長さはおよそ三メートルかける九・八メートル。厚さは三センチほど。十六枚のパネルはすべて同じ頃、だいたい三千年前につくられたものです。わたしたちは……

——ちょっと失礼。それはあなたが二次汚染説に同意していないということでしょうか？

——わたしにいわせれば、放射線炭素年代測定の結果を信用しない、これといった理由はありません。それに正直なところ、あれがどのくらい古いものかというのはわたしたちが抱えている問題のなかではもっとも些細《ささい》なものです。壁の記号が過去十七年間、明らかな動力源もなしに輝きつづけていることはお話ししたでしょうか？
それぞれの壁は四枚のパネルからなり、そこには十八個から二十個の記号が十二列にわたって刻まれています。それらの列は六つか七つの記号の連なりに分かれています。数えてみると、合計で十五種類の異なる記号がありました。そのほとんどは何度か使用されていますが、なかには一度しか出てこないものもあります。そのうち七つは曲線的で中心に点がひとつあり、別の七つは直線からなっていて、あとのひとつはただの点です。それらの意匠は単純ですが、とても優雅なものです。

——前のチームはその記号を少しでも解読できたのですか？

——実際、軍によって損なわれずに残ったハドソンの報告書にあったいくつかの項目のうちひとつは、言語学的な分析でした。彼らはその記号を過去や現在の、すでに知られているあらゆる書記体系と比較していましたが、興味深い相関関係は見つかりませんでした。彼らは記号の連なりがそれぞれ、英語の文のようにひとつの事柄を表していると仮定しましたが、判断の基準がないため解読についてはは手も足も出なかったのです。彼らの作業は充分徹底したもので、すべての段階ごとに記録されていました。同じことを二度繰り返す理由は見あたらなかったので、わたしはチームに言語学者を加えてはどうかという提案を却下しました。比較対象がなければ、論理的にいってどんな種類の意味にも到達する術はありません。

ひょっとしたら先入観があった——なにしろそれに偶然出くわしたのは、このわたしなのですから——のかもしれませんが、わたしはあの手に引き寄せられるのを感じました。うまく説明できませんでしたが、体中の細胞があの手こそ重要な鍵だと語っていたのです。

——あなたの前任者とはまったく対照的ですね。それなら、その手についてなにか話せることは？

——そうですね、ほんとうにとても美しいものですが、当然あなたが関心を持っておられるのは美的側面ではないでしょう。手首から中指の先端までの長さは六・九メートル。中身は詰まっているようで、壁面のパネルと同じ金属素材でできていますが、少なくともそれより二千年は古いものです。濃い灰色でやや赤褐色を帯び、繊細な玉虫色の光沢があります。

拳は開いた状態で、指はそろえてあり、かすかに曲がっています。まるでなにかとても貴重なものを持っているか、ひと握りの砂をこぼさないようにしているかのように。人間の皮膚なら自然に折れ曲がるあたりに溝があり、純粋に飾りのような溝もあります。全体が同じ鮮やかな青緑色に輝いていて、それが金属の玉虫色の光沢を引き出しています。その手は力強く見えますが……洗練されている、というのが思いつく唯一の表現です。あれは女性の手だと思います。

——いまこの時点でわたしがより興味を引かれているのは、印象ではなく事実です。その力強いけれど洗練された手は、なにでできているのでしょう？

——それを通常のやり方で切断したり変形させたりするのは不可能に近いことが、証明されました。壁のパネルから少量の試料を採取するのにさえ、何度か失敗したほどです。質量分析によれば、何種類かの重金属の合金だということがわかっています。ほとんどはイリジウムで、鉄が約十パーセント、オスミウム、ルテニウム、白金《はっきん》族のその他の金属が少量含まれています。

——きっと同じ重さの金と同じ価値があるのでは？

——ちょうどその話をしようと思っていたんですよ。あれには本来あるはずの重さがありませんから、なんにしてもその重さよりはるかに価値があるといえるでしょうね。

——その重さは?

——三十二メートルトンです。……たしかにかなりの重量ですが、その組成からすれば説明がつかないほど軽いんです。イリジウムは特に高密度な元素です。鉄がいくらか含まれているとはいえ、本来であれば手の重量は優にその十倍はなければなりません。

——あなたはそれについてどう説明を?

——説明しませんでした。いまだにできません。どのような製法を用いればそのような結果をもたらすことができるのか、推測することすらできませんでした。実のところ重さの件は、わたしが目にしていたとてつもないイリジウムの量にくらべれば、たいしたことではありませんでした。イリジウムは特別密度の高い金属というだけでなく、特別珍しい金属のひとつでもあります。

つまりこの族の金属は——白金はそのうちのひとつです——鉄と結びつきやすいのです。要するに地球に存在したイリジウムのほとんどは、地表がまだどろどろに溶けていたはるか昔にそうなってしまったということです。イリジウムはとても重く、地下何千キロメートルの核の部分まで沈んでしまったのですから。地殻に残ったほんのわずかな量もたいていはほかの金属と混じりあっていて、分離するには複雑な化学処理が必要です。

——それはほかの金属とくらべてどの程度珍しいのでしょう?

——珍しい、きわめて珍しい金属です。言い換えると、もし一年間にこの星全体で生産される純粋なイリジウムをすべてひとつにまとめることができたとしても、おそらく二メートルトンがせいぜいでしょう。大きなスーツケースに一杯ほどです。あれだけのものをつくりあげるために充分な量をかき集めるには、今日《こんにち》の科学技術を用いて何十年もかかるでしょう。とにかく地球上ではあまりに珍しすぎますし、コンドライトはその辺にごろごろしているものではありません。

——コンドライトとは?

——すみません。隕石《いんせき》、石質《せきしつ》隕石のことです。地球上の岩石にイリジウムが含まれていることはきわめてまれなため、ほぼ検知されません。わたしたちが採鉱するイリジウムのほとんどは、大気圏で完全に燃え尽きずに落下してきた隕石から採取されたものです。あの空間をつくるためには――彼らが建設したのはあれだけではないと仮定したほうが無難でしょうが――それが地表よりもはるかにたくさんある場所を見つける必要があるでしょうね。

――地底旅行ですか？

――ジュール・ヴェルヌ式もひとつのやり方ではあります。この種の金属を大量に手に入れるためには、地下数千キロメートルから掘り出すか、宇宙での採掘が可能でなくてはなりません。ミスター・ヴェルヌには失礼ながら、わたしたちは採掘するのに充分な深さまで近づいているとはいえません。いまあるもっとも深い採掘坑《さいくつこう》でも、必要とされるであろうものとくらべれば、くぼみのようなものでしょう。宇宙のほうがはるかに実現性が高そうです。現時点ではごく近い将来、宇宙で水や貴重な鉱物を採集できるようになるのを期待している民間企業がありますが、それらのプロジェクトはすべて、まだ初期の計画段階です。それでも宇宙で隕石を採集できれば、はるかに多くのイリジウムを、それもずっと大量に手に入れることができるでしょう。

――ほかになにかいえることは？

——だいたいそんなところです。人類に知られているあらゆる装置で数カ月間調べたあと、わたしは自分たちが壁に突きあたっていると感じました。わたしたちの立てた問いが間違っていることはわかっていましたが、なにが正しい問いなのかわかりませんでした。そこでわたしは仮の報告書を提出し、休暇を願い出たのです。

——確認したいのですが。その報告書の結論は?

——それをつくったのはわれわれではない。

——興味深い。それで彼らの反応は?

——休暇の申請は認められました。

——それだけ?

——ええ。彼らはわたしが戻ってこないことを期待していたのだと思います。わたしはけっして「地球外生命体」という言葉は使いませんでしたが、彼らがわたしの報告書から読み取ったのは、おそらくそれがすべてだったのでしょう。

——あなたはそういうつもりではなかったと?

——正確には違います。わたしが考えつかなかっただけで、もっとはるかに現実的な説明があるかもしれません。科学者としてわたしにいえるのは、今日の人類にはあんなものをつくるための資源や知識、科学技術はないということだけです。どこかの古代文明がわれわれより優れた冶金学《やきんがく》の知識を持っていたというのは充分あり得る話ですが、その文明が五千年前、あるいは一万年前、それとも二万年前のものだったとしても、あたりにいま以上のイリジウムは存在しなかったでしょう。ですからあなたの質問に対する答えは「いいえ」です。わたしは人類があんなものをつくったとは信じていません。そこからどんな結論を引き出そうと、それはあなたのお好み次第です。

わたしはばかではありません。おそらく自分の研究者人生はこれでもうおしまいだろうというのはわかっていました。NSAとのあいだにあったどんな信頼関係も壊してしまったのはたしかですが、わたしはどうすればよかったのでしょうか? 嘘をつけばよかったと?

——報告書を提出したあとはどうしました?

――すべてのはじまりの地である故郷に帰りました。父が亡くなって以来、四年近く帰っていなかったので。

――故郷というと?

――わたしはサウスダコタ州のラピッドシティから北西へ一時間ほどいった、デッドウッドという小さな町の出身です。

――中西部のそのあたりにはなじみがないのですが。

――ゴールドラッシュの時期につくられた小さな町です。よく映画に出てくるような荒っぽい土地でした。子どもの頃に、最後まで残っていた売春宿が閉鎖されました。住民が自慢できるのは、短期間で終わったHBOのテレビ番組を別にすると、ワイルド・ビル・ヒコック（西部開拓時代のガンマン）が殺されたのがデッドウッドだったことくらいです。あの町はゴールドラッシュの終《しゅう》焉《えん》と幾度かの大火を生きのびましたが、人口は次第に減って千二百人ほどになりました。デッドウッドはたしかに栄えてはいませんが、まだ持ちこたえています。それにあそこの景色は息を呑むほどです。町があるのはブラックヒルズ国有林のちょうど端っこで、そこには不気味な岩石層や美しい松林、不毛の岩山、大峡谷、小川があります。地球上であれより美しい場所は思いつきません。なぜ誰かがあそこになにかをつくりたいと思ったのかは理解できます。

——あなたはまだそこを故郷と呼んでいると？

——ええ。たぶん母の意見は違うでしょうが、あそこはわたしという人間の一部です。玄関に応対に出てきたとき、母はためらっているようでした。わたしたちはもう、ほとんど口をききませんでした。わたしが父の葬儀にさえ帰らず、ひとりきりでその喪失を受け止めさせたという事実に、母が腹を立てているのが伝わってきました。わたしたちは誰しも痛みに対処する自分なりの方法を持っていて、おそらく母も心の底ではそれがわたしのやり方だとわかっていたのだと思いますが、彼女の声には怒りが、あえてはっきり口にすることはけっしてないでしょうが、わたしたちの関係に永遠に影を落とすであろう思いが聞き取れました。わたしに文句はありませんでした。母は充分苦しんでいましたし、腹を立てる権利がありましたから。最初の何日かはあまり話をしませんでしたが、すぐにわたしたちの暮らしにはある種の日課のようなものができてきました。

昔使っていた部屋で眠ると、思い出がよみがえってきました。子どもの頃、よく夜にこっそりベッドを抜け出して窓辺に腰かけ、鉱山へ出かけていく父を見送りました。父はいつも夜勤に出かける前はわたしの部屋にきて、弁当箱に入れるおもちゃを選ばせたものです。それを開けたときにはわたしのことを思い、わたしの夢のなかで一緒に弁当休憩を過ごすんだといっていました。父はわたしに対しても母に対しても口数は多くありませんでしたが、子どもにとっては小さなことがどんなに大切かわかっていて、毎回夜勤に出かける前に時間を取ってわたしを寝かしつけてくれました。父さんがいてくれたら話ができたのに、とどんなに思ったことか。彼は科学者ではありませんでしたが、物事に対する明確な意見を持っていました。母とはこの件について話すことはできませんでした。

数日たつと、わたしたちは短いけれど楽しい議論をするようになっていて、それは実家に帰って以来の食事に関する社交辞令のようなやりとりからすれば歓迎すべき変化でした。ですが、わたしがなにをしていたかは機密扱いになっていて、自分の心にあることから会話をそらすのに必死でした。それは週ごとに楽になっていき、いつのまにかわたしはあの手について考えるよりも、子ども時代の失敗の思い出に耽《ふけ》ることに、より多くの時間を費やすようになっていました。

一カ月近くたってから、初めてあれを見た現場へハイキングに出かけました。穴はとうの昔に埋められていました。土と岩のあいだから、ふたたび小さな木が育ちはじめていました。見るべきものはなにも残っていませんでした。わたしは日暮れまであてもなく歩きまわりました。

どうしてわたしが最初にあの手を見つけたんだろう？　わたしが落ちたような構造物は、きっとほかにもあるにちがいない。なぜそれは誰にも見つからなかったんだろう？　どうしてあの日、それが起こったんだろう？　あの手は何千年も眠っていた。それならなぜ起こったのか？　なにが引き金となったのか？　何千年ものあいだ存在しなくて、十七年前にはあったのはなんだったのか？

　そのとき閃《ひらめ》いたんです。それこそが正しい問いだと。わたしが解明しなくてはならなかったのは、なにがそれを作動させたかだったんです。

ファイル番号〇〇四
アメリカ陸軍三等准尉《じゅんい》、カーラ・レズニックとの面談
場所：ドイツ、マンハイム、コールマン陸軍飛行場

——氏名と階級を述べてください。

——わたしの名前はすでにご存じでしょう。わたしのファイルをじっと見ておられるじゃありませんか。

——あなたはこの手続きに協力してくれると聞いています。記録のために、あなたの氏名を述べてもらいたい。

——この「手続き」がなにに関するものなのかを、そちらが説明することからはじめたらどうでしょう。

——それはできません。さあ、記録のためにあなたの氏名と階級を。

——「それはできません……」あなたは常にあらゆることをきっぱりいわないと、気がすまないたちなんですか？

——わたしは物事を明確に表したいたちなのです。そうすれば勘違いを避けられると考えています。もしわたしがひどく嫌っていることがひとつあるとすれば、それは同じことを繰り返し……

——わかりました。わたしの名前ですね。それがあなたにとってそんなに重要なことなら、ご自分でいってもらってかまいませんよ。

——ではそうしましょう。あなたはカーラ・レズニック三等准尉、アメリカ陸軍のヘリコプター・パイロットである。間違いありませんね？

——元パイロットです。わたしは航空機搭乗身分から外されていますが、おそらくすでにご存じでしょう。

——いいえ、知りませんでした。なにがあったのか尋ねても？

——網膜剝離《もうまくはくり》があるんです。痛みはありませんが視力に影響が出ています。明日、手術を受ける予定です。彼らに尋ねたら、また飛べるようになる見込みは充分あるといわれましたが……「もう無理だ」といっているように疑わしげに聞こえましたよ。

もう一度お名前を教えていただけますか？

——わたしは名乗っていません。

——それはまたどうして？　記録のためには……

——理由はたくさんありますし、なかにはほかのものより妥当な理由もあります。あなたの側から見るなら、もしわたしが名乗れば生きてこの部屋を出ることはけっして許されないだろうと知れば、充分なはずです。

――あなたはただ拒否することもできたはずです。わたしを脅せばうまくいくと、本気で思っておられるんですか?

――もしあなたが多少なりとも脅されていると感じたのなら、心から謝罪しますよ、レズニック准尉。けっして不愉快な気分にさせるつもりはありませんでした。単純に隠し立てをしていると思われたくなかったのです。

――するとあなたは、わたしの身の安全を気にかけてくださったと? なんと勇敢な。それで、わたしはどうしてここに?

――あなたがここにいるのは、トルコで起こったことについて話すためです。

――トルコではなにもありませんでしたよ。とにかく、興味深いことはなにも。

――それを判断するのはわたしです。いっておきますが、わたしが得ている機密情報取扱許可はあなたより数段階上です。ですから最初から順を追って話してもらいましょう。

――なんのことだかさっぱりわかりませんね。

――どういう経緯でトルコにいくことに？

――NATOの任務に召集されたんです。朝早くに到着して、仮眠を取りました。作戦の概要説明は一六：〇〇にありました。副官のミッチェルに紹介され、任務の詳細を検討しました。わたしたちは〇二：〇〇にステルス改装されたUH－60で、アダナから飛び立つことになっていました。超低空飛行でシリアの領空に入り、国境から十九キロメートルほど南へいったラッカの近くで大気の試料を集める予定でした。

――その副官とは初対面だったといいましたね。わたしの理解では、陸軍は搭乗員を一緒にしておきたがるようです。危険な任務の直前にチームを解散して、ろくに知らない誰かと一緒に飛ばせるというのは奇妙に思えます。あなたのいつもの副パイロットは、どうして一緒ではなかったのでしょう？

――彼は配置転換されました。

39　第一部 体のパーツ

——どういう理由で?

——それは本人に尋ねてもらわないと。

——尋ねました。彼が別のパイロットと組めるならどんな部署でもかまわないと頼んでいたことを知ったら、驚きますか? 彼があなたを評するのに使った言葉を、わたしは信じます。強情で、気まぐれで、怒りっぽい。かなり語彙《ごい》が豊富な人物ですね。

——よくスクラブルをやってます。

——あなたたちがうまくやっていけなかった原因はそれですか?

——わたしは一度も彼とのあいだに問題を抱えたことはありません。

——それは少々的外れのようですね。たんに誰かと一緒に過ごさねばならないのを避けるために、進んで自らの軍歴を危うくするものはそうはいないでしょう。

――彼とは多くのことで衝突しましたが、わたしは一度もそれを自分たちの飛行に持ちこんだことはありません。もし向こうが同じようにできなくても、わたしにはどうしようもないことです。

――すると、もし誰かがあなたとのあいだに問題を抱えても、それはあなたのせいではないと。たんにそれがあなたという人間だということですか。

――そんなところです。それで、あなたはわたしが特別つきあいやすい人間ではないといわせたいのですか？　だったら認めましょう。ですがどういうわけか、わたしたちがここにいるのはわたしの魅力的な人柄について議論するためではない気がします。あなたが知りたがっておられるのは、どういうわけでわたしがピスタチオ農場の真ん中に二千万ドルのヘリコプターを墜落させたのか。そうでしょう？

――まずそこからはじめましょう。あなたは大気の試料を集めることになっていたといいましたね。その理由を知っていますか？

――NATOはシリアが長年にわたって核兵器開発計画を進めてきたと信じていて、それをやめさせたがっているんです。イスラエルが二〇〇七年に原子炉の疑いのある施設を爆撃しましたが、NATOは気まぐれにそのような過激な行動を取ることはいっさい望んでいません。

——できれば軍事行動を取る前になんらかのたしかな証拠がほしい、ということですか。

——連中がズボンを下ろしたところを押さえたいんですよ。シリア軍情報部内の情報源からアメリカに、ラッカの近くで地下核実験が行われているという話があり、シリア側が疑わしい核施設を訪問する許可を査察官に与えることを拒んでいるため、われわれはより密《ひそ》かな接近手段を取ることになっていたんです。

——その隠密《おんみつ》の査察には、大気の試料を集める以外のこともなにか含まれていたのでしょうか?

——いいえ。わたしたちは空からシリアに入り、また出てくることになっていました。NATOはわたしたちが持ち帰る大気の試料から核活動の痕跡を検出するために、かなり大型の装置をヘリに積みこみました。わたしたちは計画どおり、〇二:〇〇にインサーリク空軍基地を飛び立ちました。一時間ほど国境線沿いに東へ向かい、そこから南に向きを変えてシリアに入りました。わたしたちは約十二分間、高度約二十四メートルという超低空飛行を行いました。そして○三：一五頃に指定された座標に到達して大気の試料を集め、きた道を引き返したんです。

──神経質になっていましたか？

──面白いことをおっしゃいますね。もし携帯代の支払いを忘れたら神経質になりますよ。でもこれは少し違います。夜間に暗視ゴーグルをつけて、非友好的と思われる領域を時速約二百六十キロメートルで地を這うように飛んでいるんです。これで心臓がバクバクしなかったら、どういうときにそうなるのかわかりませんね。ええ、そうです、わたしたちはふたりともピリピリしていました。暗視ゴーグルをつけているのでまっすぐ前方以外はどこも見えません。緑色の明かりに照らされた狭いトンネルを、信じられない速さで飛んでいるような感覚です。

──すべて計画どおりに進みましたか？

──予定どおりに。わたしたちは二十五分足らずでトルコの領空に戻りました。国境から少し離れるあいだに、わたしは約二百四十メートルまで高度を上げました。ハランに接近してい

43　第一部　体のパーツ

たとき、下のほうになにかの明かりが見えるのに気づきました。それは街の灯ではありませんでした。わたしたちが飛んでいるのは農地の上でしたし、色も妙でした。そのときいきなりエンジンが止まり、コックピット全体が暗くなりました。

ローターの回転数が落ちるのが聞こえ、それからなにも聞こえなくなりました。下の畑から、あの青緑色の光が発していました。藪《やぶ》のような低木が九メートルほどの間隔で無数に並んでいて、そのあいだには土しかありません。わたしたちはただそこに座って見つめていました。それは現実離れした感覚で、とても……穏やかでした。それからわたしたちは岩のように落下したんです。

墜落したときにエアバッグがバイザーにぶつかって、わたしは気を失いました。目が覚めたのは数分後でした。わたしはヘリコプターのなかにひとりきりでした。白い木綿のチュニックを着たひとりの老人が、わたしのシートベルトを外そうとしていました。彼は少なくとも六十歳にはなっていたはずです。色が黒くなめし革のような皮膚をしていました。老人はわたしを見て、なにかもぐもぐといいました。きっとわたしには通じないのがわかっていたのでしょう。それからただ微笑んでみせました。下の歯が何本か欠けていましたが、とても優しい目をしていました。わたしは平静を取り戻し、シートベルトを外そうとしている彼に手を貸しました。

老人はわたしの腕を取って自分の肩にかけ、ゆっくりと助け出してくれました。誰かがわたしの反対側の腕をつかみました。たぶん十六歳くらいの若い娘でした。とてもきれいな子です。

彼女はずっと目を伏せたままで、老人が話しかけてもほんの少ししか口をききませんでした。老人の娘か、ひょっとしたら孫だったのかもしれません。ふたりはヘリコプターから三十メートルほど離れたところにわたしを座らせ、老人が水筒の水を少し飲ませてくれました。若い娘は布を一枚見せて、わたしの額を身振りで示しました。こちらが文句をいわなかったので、彼女はわたしの右目に濡れた布をあてました。彼女がそれを外してすばやくしまったのは、たぶん血が出ているのをわたしに気づかせたくなかったのでしょう。

——あなたの副パイロットはどこに?

——最初はわかりませんでした。一、二分して、何人かの人たちがヘリの少し後ろに集まっているのに気づきました。彼らの顔はどれも見分けがつかず、青緑色の光に浮かび上がった影が見えるだけでした。わたしは立ち上がりました。若い娘がいくつかの同じ単語を何度も繰り返しました——たぶん「立ってはだめ」といっていたのでしょう。わたしは光のほうに向かって歩きはじめました。そしてピスタチオ農場をだめにしてしまった、あの巨大クレーターの縁にたどりつきました。その光はひどくまぶしいほどに輝いていました。

ミッチェルは何人かの地元の人間と一緒にそこにいました。彼はわたしの腕をつかんで自分の肩にまわし、体にもたれさせてくれました。わたしに会えて心から嬉しそうでした。自分たちが見つめているものがなんなのかは、はっきりわかりませんでしたが、あんなにすごいものを見たのは生まれて初めてでした。

それは黒っぽい金属でできたクジラのように見えました――ひょっとしたら船か、潜水艦かもしれませんが、それにしては少し小さいようでした。ボーイング747の機体のように滑らかで曲線的でしたが、はっきりそれとわかる開口部もプロペラもありませんでした。なにかの実用品というよりは、イタリアの芸術作品のように見えました。その表面には青緑色の筋が一定の間隔をおいて走り、蜘蛛《くも》の巣のような模様になっていました。

――そこにはどのくらいいたのですか?

――さあ。十分ほどかもしれません。ほかのヘリの音が聞こえ、風が顔に砂を吹きつけてきて、わたしたちの注意はそちらにそれました。四機のブラックホークがクレーターのまわりに着陸し、数えきれないほどの海兵隊員が出てきました。ミッチェルとわたしは一機のヘリコプターに連れていかれ、そのヘリはただちに離陸しました。地上の海兵隊員は、人々をクレーターから追い立てているところでした。彼らのうちのふたりが、現場に近づこうとする地元の警察官を止めようとしているのが見えました。

——そう、あれは……不運でした……地元の当局者が巻きこまれることになったのは。彼らの到着があと数分遅ければ、ことはずっと簡単だったでしょう。続けてください。

——これで全部です。これ以上お話しすることはありません。わたしはトルコの基地の診療所に運ばれました。そして一時間前、目の手術のために空路でここに連れてこられたんです。だいたいわたしがここにいるのを、どうやってつかんだんですか？

——それがほんとうに問題ですか？

——それは答えるつもりはないという意味だと受け取らせてもらいましょう。せめてあれがなんだったのか教えてもらえますか？

——国務省はいま、ウルファ県の地元の農民たちが見つけた第二次世界大戦当時の機密を要する飛行機の残骸を本国に送る許可を、トルコ政府に求めているところです。

——ご冗談でしょう。わたしのヘリを墜落させたのは、古い飛行機の残骸なんかじゃありません。わたしがそんな話を信じると本気で思っておられるんですか？

――現段階ではあなたがなにを信じるかは、特に重要ではありません。重要なのはトルコ政府がなにを信じるかです。彼らにはわれわれが七十年前のアメリカの飛行機の残骸を合衆国に持ち帰ろうとしている、と信じてもらわなくてはなりません。

――それで、あれはなんだったのですか？

――あなたはミッチェル准尉のことをどう思いますか？

――わたしの質問に答えるつもりはないということですか？

――……

――ミッチェルは優秀です。冷静に対処していました。

――そういう意味で尋ねたのではありません。彼を個人的にどう思いますか？

——いいですか、わたしはもう少しで死にかけたんですよ。完全武装したブラックホーク・ヘリコプターを遠く離れたところから数秒のうちに墜落させることのできる、大きな輝く物体があそこにあったせいでね。わたしが自分の副官を個人的なレベルでどう思うか、あなたはほんとうに知りたいんですか？

——そうです。あなたのヘリコプターが墜落したことはよくわかっています。あなたがその理由を知らずにいるのには耐えられないと思っていることもわかっています。それに気づかないようなら、きっとわたしの目は節穴にちがいありません。もし時間の問題がなければ、あなたがそう感じるのはもっともだと認めるためにその件について何時間か話しあうことができるでしょうが、わたしはすぐに発《た》たねばならないのです。

あなたはわたしが取るに足りないことを尋ねていると思うかもしれません。理解してもらわなくてはならないのは、わたしがあなたの知らないおびただしい量の秘密情報を入手できる立場にあるということです。それゆえあなたが話せることでわたしがまだ知らないことは、ほとんどありません。わたしが知らないこと、そしてわたしがあなたから聞きたいことは、あなたがミスター・ミッチェルをどう思うかです。

——わたしになにをいわせたいんですか？　彼と一緒にいたのは一時間半ですよ。ふたりともデトロイトの出身です。向こうがふたつ年上ですが、通っていた学校のいくつかは同じでした。わたしたちが同じヘリに乗ることになったのはすごい偶然だ、と彼は思っていました。彼はカントリー・ミュージックが好きで、わたしはとても聴けたものじゃないと思っています。ふたりともライオンズがプレーオフに進出することはないだろうと思っています。あなたにとってこれは、充分個人的なことといえますか？

――彼のファーストネームは？

――見当もつきませんね。たしかライアンだったか。あなたはあれがなんだったのか話してくれるつもりはあるんですか？ ああいうものがその辺にもっとあるかどうか、教えてもらえるんですか？

――時間を割《さ》いていただいて感謝します、ミズ・レズニック……。

もう少しで忘れるところでした。あなたにとってなにか意味のあることかどうかはわかりませんが、前の副パイロットはあなたのことを、いままで会ったなかで最高のパイロットだ、ともいっていましたよ。

ファイル番号〇〇七
エンリコ・フェルミ研究所上級研究員、ローズ・フランクリン博士との面談
場所：イリノイ州シカゴ市、シカゴ大学

——もしかしてデイビスの実験？

——わかりませんね。もしかして？　デイビスの実験とはなんのことでしょう？

——ごめんなさい。ひとりごとです。それはきっとアルゴンです！　考えつくべきでした。わたしの父は長いあいだ鉱山で働いていたんですから。

——鉱山というのは？　アルゴンがなにかは知っていますが、あなたがなにをいおうとしているにせよ、わたしは明らかに話を見失っているようだ。

――六〇年代の終わりにふたりの天体物理学者が、太陽から放出されるニュートリノ素粒子を集めて数える実験を考案したんです。子どもの頃にそれについて読んだのを覚えています。彼らはほかの太陽現象を遮蔽《しゃへい》するために、地下約千五百メートルのところにドライクリーニング液を入れた大きなプールをつくり、かいつまんでいえばニュートリノがそれにぶつかるのをひたすら待ちました。塩素原子にニュートリノがぶつかると、それはアルゴンの放射性同位体――正確にはアルゴン37――に変わります。ときおり彼らはヘリウムガスを注入してアルゴンを採取し、ぶつかった原子を数えました。見事な科学です。彼らは純粋に理論上の存在だったなにかをつかまえて、実体のあるなにかに変えることに成功したんです。彼らはこの実験を二十五年近く前に、父が働いていたホームステイク鉱山で行っていました。わたしがあの手の上に落ちた場所から数キロメートルのところです。

――知ってのとおり、わたしは物理学者ではありませんが……

――わたしはあなたについてなにも知りません。

――まあ、いまあなたはわたしが物理学者ではないと知っているわけです。とにかくわたしは、それだけ離れたところから届く放射性物質の量はごくわずかにちがいないと考えていたのですよ。

――たしかに。ですがどれほど微量であっても、それがたんなる偶然の一致のはずはありません。トルコで墜落したヘリコプターは、核実験の痕跡を検出するために大気の試料を採取している最中でした。彼らが探していたのはアルゴン37の痕跡でしょう。パイロットはなにか大きな装置を積んでトルコへ飛んだといっています。それはMARDS――可動式アルゴン検出システム――か、その種のものだったはずです。とにかくアルゴン37を検出できる大型の機械です。地下で起こった核反応は、周囲のカルシウムをまさにアルゴン37に変化させるでしょう。核施設を見つけるためのかなり信頼性の高い方法です。それから隠れることはできません。ごまかしはきかないんです。カルシウムは砂のなか、岩のなか、人体、いたるところに存在し、核爆発によって発生したアルゴンの一部は、たとえその爆発がどれほど深いところで起ころうと、最終的には空気中に漏れ出しますから。

――あなたの口ぶりでは、アルゴンにはほかにも同位体があるようですね。あれが反応したのはそれらのうちのどれかだったのか、それともまさにこの同位体だったのでしょうか?

――まさにこの同位体に反応したにちがいありません。大気中にはいたるところに大量のアルゴン40が存在しますし、ほかの同位体も同様です。ですが、あの人工物がそこまで特定のなにかに反応しただろうと考えるのは、たしかに奇妙に思えます……

――続けていただけますか……

――ごめんなさい。話を途切れさせるつもりはなかったんです。もちろんあれがそういうふうに設計されていたのなら話は別ですが、といいたかったんです。もし彼らが故意にそうしたのなら、ほんとうに賢いやり方です。

――それはどういう意味でしょう？　「彼ら」とは誰のことですか？

――少し頭がおかしいのではないかと思われるかもしれませんが、最後まで聞いてください。あなたが科学技術的に自分たちよりはるかに劣る文明と遭遇し、なんらかの対話をすることになったとしましょう。何者であれあのようなものをつくることができる存在は、六千年前の人々を震えあがらせたことでしょう。彼らは神や悪魔、なんらかの超自然的な存在に見えたはずです。さて、あなたは彼らになにかを残したいと思った。ただし、彼らがある時点まで進化したときに初めて発見できるような形で。

——彼らの進化の度合いはどう測るのでしょう?

——彼らが宇宙について充分な理解に達し、意味のあるやりとりができるようになったら知りたいと思うでしょうね。それには、おそらく科学技術の面から測らなくてはならないでしょう。人類によく似たほとんどの、あるいはすべての種が、多かれ少なかれ同じ進化の過程をたどると仮定するのは理にかなっているようです。火をおこす、車輪を発明する、そういった類のことです。空を飛ぶこと、あるいは宇宙飛行はいい判断基準になるかもしれません。もし空を見上げることができれば、最終的にそこにいたる方法を見つけようとするだろうと思って間違いないでしょう。それに宇宙を旅する種なら、少なくとも宇宙に存在するのは自分たちだけではないという考えを受け入れやすいかもしれません。その場にいて観察しているなら別ですが、あなたにはなんであれ、自らが選んだ進化の目印を見つけるための手段が必要になるでしょう。たとえばああいうものを月に隠しておけば、彼らがそれだけ遠くまで到達できるようになったときに初めて発見されるとわかります。

わたしの立場からいえば、核エネルギーを利用できるというのもまた、かなりいい判断基準になるでしょう。さて——そしてこれが巧妙なところなのですが——もしアルゴン37に特別に反応するようにあれを設計しておけば、その文明が原子力を利用できるようになった時点で初めて発見されることになります。もちろんこれはすべてまったくの推測ですが、もし彼らがやったのがそういうことなら感動ものです。

とにかくわたしたちは、あのパネルをもう一度調べる必要があると思います。結局、言語学者が必要になるでしょう。

——意味がないといっていたのでは?

——それはアルゴンについて知る前のことでした。もしあの遺跡がわたしたちに発見させるためにつくられたものなら、そこには解読可能ななにかがあるはずです。ある建造物、たとえば神殿を自分の同胞のためにつくるつもりなら、そこには自分たちに理解できることを記すでしょう。ですが、もしそれと同じ神殿をほかの誰かのために建てていたのなら、誰であれその相手にもなんらかの意味があることを書きたいと思うでしょう。相手にはけっして理解できないだろうとわかっているメッセージを記しても、まったく意味がありません。

——すでに定評のあるかなりの人数の言語学者があの模様を調べて、なにも考えついていないのですよ。どうして今回はなにか違った結果になると思うのでしょう?

——なぜ今度はうまくいくと思うのか、その理由を説明することはできません。最初のときにうまくいかなかった理由については、おおよそ察しはついています。彼らはそこに存在していないなにかを探していたのです。

——そしていまあなたには、われわれがなにを探しているのかわかっていると？

——皆目見当もつきません。ですがそれはいいことだと思います。以前それを調べた人たちが失敗したのは、彼らが多くを知りすぎていたか、あるいは知っていると考えていたせいだと思うのです。

——もう少し哲学的でない表現をしてもらえますか。

——すみません。一般的にいって、人は自分たちが真実だといわれてきたことには疑問を持たない傾向があります。それは科学者も変わりません。彼らはずっと多くのことをさんざんいわれてきているのですから。たとえばわたしは物理学者として、四つの基本的な力に疑問を抱くことはけっしてないでしょう。わたしはそれを自分が学んだほかのあらゆることのように当然だと思い、それを前提にして物事を進めます。わたしたちは常に前を見て、けっして振り返りません。ですが今度の件は……違います。それはわたしたちに挑んでいます。物理学や人類学、宗教につばを吐きかけています。歴史を書き換えています。それは大胆にも自らについて……あらゆることについて、わたしたちが知っていることをなにもかも疑うよう迫っているのです。きっとまた、かなり哲学的に聞こえるでしょうね。

――少々。

――わたしはあまり訓練を積んでいない人間を試してみたいのです。場合によっては有能な学生か誰か、まだルールブックを読んでいないのでそれを窓の外に投げ捨てる必要のないものを。わたしたちはこの件をまったく新しい角度から見なくてはなりません。言語学部と連絡を取って、お薦めの人物がいないか訊いてみるつもりです。

――それは興味深い概念ですね。大家《たいか》で通っている人たちがみな失敗したからという理由で、いわば資格を持たない誰かを見つけたがっていると。

――そこまでいうつもりはありませんが、そうです、充分頭が切れて、先入観にそれほど邪魔されていない誰かを。そういったほうがずっと聞こえがいいですね。

——たしかに。試してみても失うものはほとんどないでしょうが、わたしがあふれんばかりの熱意を示さなくても許してもらえるでしょうね。トルコで出土した前腕は受け取りましたか?

——ええ、二日前に届きました。わたしたちには例の手がその前腕に取りつけられるようになっているのかも、どうすれば取りつけられるのかも見当がつきませんでした。どちらのパーツの先端も滑らかで隙間はなく、取りつけるための仕組みや留め具に似たものはありませんでした。前腕の先端はかすかにくぼみ、手首のほうはわずかに出っ張っていますが、ふたつを結びつけるためのものはなにもありません。

——ふたつのパーツはいまでは結びついている、とわたしは理解しているのですが。

——ええ、そうです。わたしがいいたいのは、それがどういう仕組みで働くのかまったく見当がつかないということです。あのふたつがどの程度ぴったり合うか見るためにちょっと近づけてみたら、磁石のようにくっついたんです。わたしの助手はもう少しで片手をなくすところでした。あのパーツがどんなふうにくっついたかを理性的に語ることはできません。ただ、と

59　第一部　体のパーツ

ても大きくてとてもクールな……シュッという音がして……そうなったという以外には。

――それを取り外すことはできるのですか？

――できていません。わたしたちの手に負えないような機械的力が必要なのは明らかです。わたしはなにも傷つける危険を冒したくありませんでした。それよりほかのパーツを探すことに集中したいのです。体の残りの部分がどんなふうなのか、見るのが待ちきれません。いったんそれを組み立てれば、分解にも挑戦できるでしょう。

――するとあなたは、ああいうものがどこかにもっと埋まっていると考えていると？

――ええ、そうです。いますぐ全部手に入らないのが、じれったくて死にそうなくらいです。先走っているかもしれませんが、どう考えても存在するはずです。もしわたしたちが見つけたものがもう片方の手や頭、たとえ足だったとしても、ある種の記念碑か芸術形式と理解することもできたでしょうが、前腕というのはわざわざそれだけをつくるようなものとは思えません。わたしの専門分野ではありませんが、宗教的な信仰において前腕が目立った役割を果たしているとは思えませんから。それにもしわたしが報告書を正確に読んでいるなら、トルコではそれを囲む空間はありませんでした。壁も、模様も。前腕は手が見つかった空間に納まるにははるかに大きすぎましたから、きっとわざとどこかよそに埋められていたにちがいありません。

——それは同感ですが彼らは片腕だけつくったのかもしれないし、その場合、わたしたちに望めるのはせいぜい上腕のパーツひとつでしょう。

——そうかもしれません。それでもわたしは、体が丸ごとあって、見つけてもらえるのを待っているのだと思うんです。

——あなたが正しいと時間が証明してくれるのを期待しますよ。本気でそう思います。

——わたしにいえるのは、もし自分にあれほどすばらしいものをつくることができるなら、片腕でやめたりはしないだろうということです。

——いまわかっていることにもとづいて、もしほかのパーツが存在するなら、あなたにはそれを見つける方法を考案できるでしょうか?

——もし体の残りの部分がどこかにあるなら、それを見つける方法を考え出すことはまず間違いなく可能です。大量のアルゴン37をつくり出す方法と、それを効果的に撒く方法を考えるだけでいいんです。その条件が整ったとしても、すべてのパーツを見つけるにはしばらく時間がかかるかもしれませんが。

——どのくらい？

——推測するのは不可能です。何カ月か。何年か？　もしその体がわたしたちの予想しているとおり主要な関節に沿って分割されているなら、少なくとも十四のパーツがあるはずです。腕と脚にそれぞれ三つずつで十二、頭、そして胴体のパーツがひとつ、あるいはいくつか。トルコのパーツは例外で、体の残りの部分はわたしたちが手を見つけた場所のもっと近くにあるよう願うしかありません。

もしわたしの考えが正しくて、彼らがわたしたちにそれを見つけさせたがっているなら、比較的簡単に手に入れることができる陸地に埋めてあるでしょう。　海を捜索するのはまったく別の話ですから、そうであることを願います。

わたしはNSAからより多くの財政支援を求めなくてはならないでしょう。どれだけかかるかはっきりしませんが、わたしたちの予算ではなにひとつできないのは間違いありません。

62

——NSAのことは忘れるんです。なにが必要かをわたしにいってくれるだけでいい。

——NSAを忘れろ？　そういえばあなたは、正確には誰のために働いておられるんですか？　待って。答えはいりません。あなたに器材のリストをお送りします。わたしたちにはそれを撒く手段も必要になるでしょう。ひょっとしたら長距離を飛べる飛行機か、ヘリコプターが。おそらく乗組員も必要になります。それにわたしたちが見つけたものを回収するチームも。この部分は複雑なものになるかもしれません。体のパーツに関していえば、わたしたちが見つけたのは特に小さなものです。これから見つかるものは大きくなるばかりでしょう。

——われわれのところには回収作業をこなすチームがいます。パイロットを何人か見つける件は、わたしがなんとかしましょう。

——もしこれがうまくいけば、もっと大きな空間も必要になるでしょう。

——どの程度の大きさの？

――そうですね、もし標準的な体型なら、あるいは人間なら、彼、もしくは彼女の身長は六十メートルを超えるでしょう。もし彼女を地面に寝かせたとしても倉庫が必要になります。

――あなたはまだ、それが女の子だと信じていると？

――これまで以上に。

ファイル番号〇〇九

アメリカ陸軍三等准尉、カーラ・レズニックとの面談

場所：ケンタッキー州、フォートキャンベル米軍基地

――またあなたですか。今度はなにがお望みなんです？

――いくつか単純な質問をしたいだけですよ。

――もし答えたくなかったら？

――いつでも好きなときに出ていってかまいませんが、残ったほうが賢明でしょうね。

――試験を受けているような気がするのはなぜでしょう？

——それはあなたがとても鋭いからです。いまわたしは、あなたがなんらかの形で寄与できる可能性のあるプロジェクトを立ち上げているところなのですよ。あなたはある出来事を目撃しており、ほかの潜在的な候補者よりもはるかに優位に立てるかもしれないある種の技術を持っていることを、証明してみせている。その一方であなたの衝動的な性格や協調性に欠けるところが、わたしは心配です。あなたの上官たちと同様に。差し支えなければ、いくつか単純な質問をしますから、それに正直に答えてもらいたい。できそうですか？

——質問に答える？　それはすでにわたしがやっていることじゃありませんか？

——わたしが尋ねたかったのは、質問に答える能力があるかどうかではありません。すでにあなたはどのような個人的質問をされても別の質問で切り返して、とてもうまくはぐらかせることを示してみせている。いまわたしが尋ねているのは、質問に正直に答えられると思うかということですよ。

——それができないと問題なんですか？

——もしあなたがこのプロジェクトに選ばれることを少しでも望むなら、間違いなく問題でしょうね。

——すでにあなたはわたしのことを、鋭いが協調性はないといわれました。まるでわたしについて、かなりはっきりした考えを持っておられるようじゃありませんか。

——では言い方を変えましょう。わたしが自分の頭にあるどんな務めにもあなたは向いていないと承知のうえで、たんにあなたの人生をもう少し惨めにするためだけに、わざわざここまで飛んできて何時間かむだにすることを選んだとしましょう。この筋書きだと、あなたにとってはできるだけ早くこの質問を乗り切って、なんであれ自分がやっていることに戻れるようにするのが望ましいでしょう。いまのあなたは、もうヘリを飛ばすことはできないわけですが。わたしがまったくのばかではなく、あなたの答えに純粋に興味を持っている可能性もある。どちらにしても、各質問に答えるための持ち時間は十秒です。用意はいいですか?

——……

——あなたの性質で特に悪いところ三つは?

――三つ……。この前あなたにお会いしたときにいわれたこと――なんでしたっけ？――強情、気まぐれ、怒りっぽい。たぶんこの三つでしょう。執念深いところもあって、けっしてどんなことも忘れません。その質問はいくつあるんですか？

――他者の性質であなたが称賛する三つは？

――忠誠心。誠実さ。勇気。

――けっこう。次の問いには○か×かで答えてもらわなくてはなりません。第一問：感情よりも理屈を信じる。

――それに○か×かで答えさせたいというんですか？　その質問はいんちきです。あなたが○と答えさせたいのはわかってますが、ときには直感に耳を傾けることも必要ですよ。

――その口ぶりだと、あなたの答えは×になるはずですが。

――ですが×と答えれば、あなたはわたしのことを感情的な時限爆弾だと思うでしょう。

——わたしはすでにそう考えているかもしれませんよ。あなたのことをまったく血も涙もない人間だと思っている可能性もある。それでもあなたは○か×かで答えなくてはなりません。

——×。

——人類についてや、人類が宇宙で占める位置について考えることがよくある。

——あります。

——それなら答えは○ですか?

——ええ。

——人混みのなかにいると落ち着く。

——×。

――事故のような予期せぬ出来事に、たいてい最初に反応する。

――う～ん、……○。たぶん。

――なにかに対して責任を負うのは好きだ。

――○。

――社交の場では部屋の端より中央に陣取る。

――これは興味深い質問ですね。最後に社交の場に出席したのはいつだったか思い出せません。

――改めて尋ねましょう。社交の場では部屋の端より中央に陣取る。

――そうは思いません。いいえ、……×です。

──感情を表に出すのは苦手だ。

──この質問もいんちきです。それは感情によりますよ。怒りを表すことに抵抗はありません。多くの人がそうだとは思いませんが。喜び、感謝、いらだち、驚きについても同じことがいえるでしょう。愛、恐怖、恥、欲望、無力感といったことになると、話は違ってきます。

──それはまったく別の問いに対する、とてもよく考え抜かれた答えですね。さあ、この問いに○か×かで答えてください。

──でも無理です。答えはひとつではないといったばかりですよ。

──あいにくこれは○×式の質問なのですよ。平均するんです。あなたは感情を表に出すのが苦手ですか?

──ええ、……○! わたしの答えは○です!

——怒ることはない。

——怒ってはいません。

——あなたがそういうのなら。あなたは権威を尊重できない。

——そんなことはテストをしなくても見当がつくでしょう。

——これは質問です。テストの一部ですよ。

——ああ。〇……。なんです？　驚きましたか？　今度の質問は、権威の尊重に問題を抱える人間がどうして軍人になる道を選んだのか、でしょうね。

——あなたの自問自答は興味深いですね。先を続けても？

——ええ、どうぞ。神経質になるとおしゃべりになるたちなんです。

——地球外知的生命体の存在を信じる。

——なんですって？

——聞こえたでしょう。

——……×。その質問でわたしのなにがわかるというんですか？

——あなたが地球外知的生命体を信じていないということです。もし答えが○だったら、いまわたしは逆のことを考えているでしょう。

——実に参考になります。

——ありがとう。今度はわたしが物語の出だしをいいますから、あなたは一文か二文でそれを完成させなくてはなりません。わかりますか？

——そう思います。

――トミーがひとりで玄関前の階段に腰かけている……

――本気ですか？　あなたはわたしの心の奥を理解したがっていて、「トミーがひとりで玄関前の階段に腰かけている」という問いを考えついた。そんなのはまったくばかげてます……。どうしてつべこべいわずに知りたいことを尋ねないんですか？

――もしあなたが質問に答えてくれなければ、われわれはここにかなり長いあいだいることになるかもしれません。実に単純な課題じゃありませんか。あなたのような知性の持ち主にとっては、なんの問題もないはずです。

――ばかにしないでください。

――そんなつもりはありません。思い出してください、わたしはあなたのファイルを見ました。適性試験の結果によれば、あなたのＩＱは一二五から一三〇のあいだです。だとすれば、ほどほどに才能に恵まれていることになる。それゆえいまいったとおり、あなたのような知性の持ち主なら、たとえ時間的制約はあるとしても、一文か二文でちょっとした物語を完成させることなど苦もなくできるはずです。続けてもかまいませんか？　トミーがひとりで玄関前の階段に腰かけている……

――いいでしょう。……友だちが迎えにくるといっていたが、彼らはこなかった。トミーは頭のなかですごいお話を考えている。ようやく友だちがやってきたとき、トミーはもう彼らと遊びたいとは思わない。ほどほどに才能に恵まれているでしょう？

……

――次のお話です。スーパーへいく途中、リーザは地面に宝くじが落ちているのを見つけた

――これはあなたが自分で考えたんですか、それとも心理学者のチームがこの短い珠玉の質問をつくったんですか？　つまり、ほんとうにそれをねこばばすると答えるものが誰かいるだろうか、ということです。そうはいっても、まわりに誰もいなかったら？　新聞に広告を載せられるわけでもなし……

――それは無理だと――

――気にしないで！　案の定、くじの裏側には名前と住所が書いてあった。彼女は数ブロック先に住んでいるひとりの老人に、そのくじを返してやった。老人が死んだとき、リーザは彼が遺言書に自分の名前を書いて、なにもかも遺《のこ》してくれたことを知った。これはあなたにとって充分胸を打つ話といえますか？

――実にね。今度はわたしが単語をひとつ発音しますから、最初に頭に浮かんだ単語を教えてください。この単語を聞いて、あなたが最初に思いつくのはなんでしょう。……戦争。

――死。

――運。

――さあ、……友だち。

――打ち負かす。

――立ち上がる。

――国家。

――感謝。

――父親。

――……喪失。

――信頼《トラスト》。

――……

――ミズ・レズニック？

――ファンド。これでおしまいですか？

——ひとまずは。あといくつか質問がありますが、これはテストの一環ではありません。

——それでもあなたはまだ、その答えにもとづいてわたしを判断するつもりでいる。

——それはそうでしょうが、はるかに主観的な形でね。ナイト・ストーカーとはなにか、教えてもらえますか？

——第百六十特殊作戦航空連隊《SOAR》の隊員のことです。低空夜間飛行作戦を専門にしています。

——優秀なのですか？

——精鋭中の精鋭ですよ。

——そしてあなたはその一員だ。

——いまはね！

――なぜいまなのですか？

――わたしは航空機搭乗身分を失いました。目を痛めたあとでサバラウスキ航空攻撃訓練校の教官の職を得ましたが、そのことはすでにご存じですね。

――するとあなたは彼らに飛び方を教えるが、彼らと一緒に飛ぶことはできないと？

――わたしがそこになんらかの皮肉を感じるだろうと思われるのはわかりますが、もともと不可能なんです。特殊作戦ですから。彼らは補助的な役割以外で女性を受け入れることはありません。

――彼ら、というのは？

――アメリカ軍は女性が戦闘や特別作戦に加わることを認めていません。

――そのことをあなたはどう感じているのでしょう？

――そのことをわたしがどう感じているか？　女性が特殊作戦に加われないことを？　そのことは軍に入ったときからわかっていました。軍には女性にとってやりがいのある仕事が、まだたくさんあります。わたしがもう飛べないことに動揺しているかどうか知りたいんですか？　もちろん動揺していますよ。両脚を切り落とされたような気分です。

――それほど飛ぶのが好きなのですね？

――ほとんどの子どもは消防士か、警察官か、戦闘機のパイロットか、宇宙飛行士になりたがります。たいていの人は成長するにつれて気が変わりますが。わたしはずっとなりたかった……いいえ、それは違いますね。わたしはお姫様になりたかったんです。でも自宅の上で一機のヘリコプターがホバリングしているのを見た瞬間、そのパイロットになりたいんだとわかりました。きっと五歳か六歳の頃です。それ以来ずっと気が変わったことはありませんし、国軍に入るという自分の選択に疑問を抱いたことは一度もありません。それがわたしという人間なんです。それが唯一、生きている実感を与えてくれることなんです。

――もし許可が出れば、飛ぶことはできますか？

——できるか？　ええ。できます。充分見えてますから。

——この質問をさせてください。なぜあなたはトルコに？

——わたしはいま、ほんとうに生意気な態度を取らないよう努力しているんですが、あなたがそれを難しくしています。もっとはっきりいってもらわないと。

——つまり、なぜ彼らはあなたを派遣したのかということですよ。これは法律で女性を遠ざけておくことが想定されている種類の任務に思えますし、たったいまあなたは、まさにその手のことを専門にしている人々がまる一連隊いると話してくれました。どうして彼らはそのような重要な任務に、二十四歳の態度の大きい女性を派遣したのでしょう？　ＳＯＡＲではなく。

——司令官がわたしのことを知っていたんです。アフガニスタンで彼の支援任務に就きました。それに派遣先はＮＡＴＯですから、少し事情が違います。いずれにせよ司令官が、これは偵察だとか支援任務だとかいいさえすれば、わたしがいくことは可能です。陸軍にはほんとうに優秀な女性パイロットが何人かいます。優秀な司令官は彼女たちを使う方法を見つけるものです。

――これが最後の質問です。もしわたしが、あなたの航空機搭乗身分を回復させることができるといったら？　あなたはそのためになにをする気がありますか？

――どんなことでも。

――言葉の選び方に気をつけてください。あとで後悔することになるかもしれませんよ。

――だったら、わたしがなにをしなくてはならないのかいってください。

――あなたは命の危険を冒すつもりがありますか？

――それはばかげた質問ですね。軍のヘリコプターに乗りこむものは誰でも、命の危険を冒しているとわかっています。

――あなたは罪もない人々の命を危険にさらすつもりがありますか？

——もしその背景にもっともな理由があると信じれば。あなたになにを頼まれるかは、たいした問題ではありません。いまいったように、もしそうするだけの目的があるなら、わたしはどんなことでもやります。

——あなたはアメリカ陸軍の兵士です。おそらく常にすべての理由を教えてもらえるわけではないでしょう。その目的を知らずに任務に派遣されたことはありますか？

——そういうことはあります。あなたが思っておられるほど頻繁にではありませんが、あります。

——それならどうやって、それが命の危険を冒すに値することだと知るのですか？ あなたは誰でも盲目的に信頼するような人間には思えませんが。

——どうやらわたしのテストはあまりうまくいかなかったようですね。おっしゃるとおりわたしは人を簡単に信頼はしませんが、数は信じています。

——面白い。

――そうなんです。人間はひとりでは怖がりで、愚鈍で、利己的ですが、充分な人数がまとまれば、それなりにまともになるだろうと思っているんです。陸軍は大きくて不器用な機械ですがたいていの場合は正しいことをする、とわたしは信じています。

――あなたは先入観にとらわれずにいることができるでしょうか？　自分が真実だと信じていることに、異議を唱えるつもりはありますか？

――自分が先入観にとらわれていると考えるものなど、いないと思いますよ。どうでしょう。

――時間を割いてもらってどうもありがとう、ミズ・レズニック。

――おや、またもったいぶった終わり方ですね。ちょっと待って！　もっと教えてください……だめですか？　だったらもっと質問を！　いかないで……階段に腰かけてるちびのトミーのことを、もっと話しますから！

ファイル番号〇一七
アメリカ陸軍二等准尉、ライアン・ミッチェルとの面談
場所：ワシントン州、ルイス・マッコード合同基地

――おはよう、ミスター・ミッチェル。ドクター・フランクリンによると、きみたちの作業ははかどっているとか。

――ええ、そうなんですよ。彼女がいうように、信念と信頼……それにちょっぴりの妖精の粉さえあれば……。われわれはこれまでの四カ月ちょっと、北米大陸中を飛びまわってきました。夜に防虫剤を撒くようなものですよ。ただしそれよりうんと上空から、それにおそらくはるかに非合法に。ティンカーベル作戦、われわれはそう呼んでます。魔法の粉の尾を引きながら飛びまわるのは、拍子抜けするくらい簡単でした。

――化合物の効果が出ていると？

85　第一部 体のパーツ

——たしかに出てますよ。ドクター・フランクリンには脱帽だ。きっと彼女ならうまくやれます。ARCANA、そう彼女は呼んでます。意味は「神秘」、あるいはこの場合だと、夜間空中散布用高アルゴン化合物。たぶん頭字語を使いたかっただけでしょうね。取りかかった当初はドクター・フランクリン以外のほぼ全員が、これはまったくの時間のむだだと考えていたんですが、最初の週が終わる頃にはバーモント州で別の腕が見つかりました。カーラは……

——失礼。カーラとは？

——レズニック三等准尉のことです。すみません。このところしばらく民間人と一緒に仕事をしているものですから。たぶん彼らのやり方がうつったんでしょう。彼女とドクター・フランクリンは高度二千四百メートルくらいを飛べば大丈夫だろうと考えていましたが、発見したときには、もう少しでまた墜落するところだったんです。カーラは墜落する前にエンジンを再始動させることができました。ほんとうにすごいですよ。あれより機転の利く人間にはこの先お目にかかれないだろうというほどじゃありませんが、女の子があんなふうに飛べるんですからね。

腕が作動すると、われわれのエンジンはちょうどトルコでのように停止したんです。幸いオートローテーションが充分可能な高度にいたので、

86

——きみたちふたりがうまくやっているようでよかった。そうなってくれることを願っていたのですよ。その口ぶりだと、ひょっとしてミズ・レズニックにのぼせているのですか？

——そこまで深入りするつもりはありませんよ。陸軍の職場内恋愛禁止規定はよくわかっています。でも彼女の魅力に気づかないなら、その人間はきっと石でできているんでしょう。彼女の体つきは水泳選手のようです。長くてとても力強い脚、たいていの男が恥じ入るような肩。どうしたらばかっぽくない言い方ができるかわかりませんが、基地の男たちは彼女が歩いているのを見るだけで最高の一日になるといってます。あれほど色白なのに、とても濃い色の髪。そのせいであの目が、ぱっとこちらの目に飛びこんでくるんです。あの淡い緑色には実に……どぎまぎさせられます。そうだ、あなたはお会いになってるんでしたね。彼女の目を見つめないようにするのがどんなに大変かはおわかりでしょう。

——それはまったく気づきませんでしたね。ぜひ理解してもらいたいのですが、いまきみたちは典型的な軍事的環境で活動しているわけではありません。指揮系統を危うくすることにはならないでしょう。

——実際にはそうなるでしょう。陸軍では副パイロットは副官です。つまりレズニック三等准尉は自分の上官だということです。われわれのあいだには危うくする恐れのあるごくささやかな指揮系統があり、陸軍は軍法をかなり真剣に考えています。とにかく問題はありません。自分が彼女を魅力的だと思っている、というだけのことです。それに信じてもらいたいんですが、彼女のほうはこれっぽっちも自分に興味を示していません。かろうじて受け入れている、といった態度ですよ。

——そういう態度を取っているのが彼女なら、わたしは絶賛されていると受け取るでしょうね。さあ、作戦の話に戻りましょうか。

——そうでした！　われわれはこの国を格子状に分割しています。それぞれの升目の広さはざっと三平方キロメートルで、最寄りの陸軍基地から現場までかかる時間にもとづけば、ひと晩でカバーできる範囲です。われわれはここから地図のかなりの部分をカバーできますし、さらに東や南の升目を片づけるために基地から基地へと移動しています。現時点でわれわれは、格子のちょうど中間あたりにいます。

——その化合物を安全な距離から散布することはできているのですか？　新しい体のパーツ

88

が見つかるたびに、きみたちふたりに死にそうな目に遭ってほしくないのですが。

――できています。さっきお話ししたように最初の週が終わる頃に危うく墜落しそうになったので、次からは四千六百メートルまで上昇して飛ぶことにしました。遠く離れてしまう前にパーツが作動するのを確認するにはその高度で充分なのか、確信はありませんでした。われわれがカンザスとミズーリの州境で別のパーツ――下腿《かたい》と、それから足――を見つけるまでには、一カ月ほどかかりました。

――足？

――大きいですよ。自分は巨大な足の指がついてるだろうと期待していたんですが、あれは足というよりお洒落《しゃれ》な厚底ブーツのようですね。でも美しいものです。ドクター・フランクリンが、彼女は靴の趣味がいいといってました。

高度を上げたおかげで作業がずっとはかどることにもなっています。ARCANAの拡散パターンは高度が上がるとずっと広くなりますから、同じ範囲をカバーするのに飛ぶ回数は、より少なくてすむんです。

――するとこれまでのところ五つのパーツが見つかっているのですね？

――六つです。テネシー・ハイウェイの下にあった腿《もも》を見つけたばかりです。あれはでかいですよ！

――大きいとはどのくらい？

――測量はそれほど得意じゃありませんが、もしかしたら十八メートルくらいあるかもしれません。これからお話ししますが、ひどく厄介な事態を引き起こすのに充分な大きさです。ハイウェイは八百メートルほどの区間が完全に破壊されてしまいました。ドクター・フランクリンの説明では、あしたパーツは地下のとても深いところ、二百七十メートルくらいの深さに埋まっていて、それが作動するとほんとうにとんでもない速さで地表まで上がってくるんだそうです。われわれはヘリコプターのなかにいてよかったですよ。あれが上がってくるときには、絶対に近くにいたいと思わないでしょうね。きっと世界の終わりがきたような気分になるはずです。

――ありがとう、ミスター・ミッチェル。いま気づきましたよ。きみのことはドクター・フランクリンから日常的に聞いていますが、今回が初対面でしたね。ようやく知り合いになれて嬉しいですよ。

——ありがとうございます。

——きみ自身について少し聞かせてもらえますか。

——お話しできるようなことはごくわずかですよ。自分はアメリカ陸軍の兵士です。

——もっとなにかあるでしょう。

——自分になにがお話しできると? 出身はデトロイトです。父は陸軍にいました。ほかには……ヘンリー・フォード高校に通っていました。球技をやってました。

——野球ですか?

——フットボールです。トロージャンズで。コーナーバックでした。卒業後に入隊したんです。

――お父さんもヘリコプターのパイロットだったのですか？

――いいえ、違います。父は整備士でした。自分はそっちのほうにはまったく興味がなかったので、准士官候補生学校に志願しました。自分にはなにか別のことができると思ったんです。

――きっとお父さんは、きみのことをとても誇りに思っておられるでしょうね？

――ええ。父の父も軍人でした。家族の伝統のようなものです。自分を加えてくださって、あなたには感謝しています。実際にはあなたに選ばれたわけではないのはわかってますが、ここにいられてほんとうに嬉しいんです。とてもありがたく思っています。この任務はいままで想像もしたことがないほど刺激的です。

――わたしがきみたちをふたりとも選んだのは、実にうまく補いあっているからです。トルコでミズ・レズニックがきみとあれほどうまくやっていなければ、わたしは彼女を選ばなかったでしょう。きみが自分を卑下する必要はありませんよ。

――いいんです。わかってますから。自分は副パイロットです。彼女は最高だ。選んで正解でしたよ。

――きみの熱意は、新しい職場環境にうまくなじんでいるという意味だと受け取らせてもらいましょう。

――ええ、そうです。とても。ドクター・フランクリンはほんとうに面倒見のいい人です。どこかへ飛んでいく前に、われわれは一週間近く彼女と過ごしました。彼女は事情をよく説明して、自身がやってきたことをなにもかも見せてくれました。おかげでわれわれは靴底をすり減らして働くただの歩兵かなにかではなく、ほんとうにチームの一員なんだと感じられました。あの手には驚きですよ。あなたはほんとうにあれが……その……外からきたと考えておられるんですか？

――ドクター・フランクリンはたしかにそう考えていますね。わたしには彼女と異なる意見を持つ知識も、そうしたいという気持ちもありません。

——自分もそんな大それたことをいうつもりはありません。彼女はほんとうに、母親のように優しい人です。もし彼女が狂っていたらどんな様子かなんて、想像がつきませんよ。そんなことは知りたくないと思っているのはたしかです。ドクター・フランクリンはとてもいい人です。それにとてつもなく頭が切れる。自身がやっていることについて話すとき、彼女は物事を易《やさ》しい言葉に直してくれようとするんですが、それでもまだ自分にはほんとうに呑みこめているわけではないことがたくさんあります。

——われわれが彼女を選んだ理由はそれなのですよ。研究所の様子はどうですか？　みんなうまくやっていますか？

——はい。ドクター・フランクリンはとても上機嫌です。カーラ——失礼、チーフ・レズニック——と彼女は、とてもうまくやっています。最初はわからなかったんですが、あのふたりはとてもよく似ています。物腰はまったく違いますが、どちらも大変な意欲と目的意識の持ち主です。見た目も似ているとさえ思うんです。ふたりが一緒にいるところをよく見れば、姉妹か従姉妹みたいです。同じ黒髪で、同じ情熱的な眼差《まなざ》しをしています。ふたりはすぐにいい関係を築いたようです。

——ミスター・クーチャーが到着したそうですね。

——あの言語学の研究者ですか？　ええ、現れましたよ。モントリオールからきた、気取ったフランス語を話すやつ。たしかヴィンセントという名前です。

——きみたちふたりは交流する機会があったのですね？

——いや、そういうわけでは。われわれはあまり彼を見かけることがないんです。例のパネルが別の部屋に移されたので、彼はほとんどの時間をそこで過ごしています。ほんとうに頭がいいらしいですよ。フランス語なまりがあるだろうと思ってたんですが、あれは想像していたのとはまるで違いますね。あれは……ドイツ語かなにかに聞こえます。

——ミスター・クーチャーはフランス人ではなく、ケベック州民なのですよ。

——彼がどこの出身かは知ってます。ただ、なんというか、みんながフランス語を話しているように聞こえるだけで。実のところ、彼は何語でしゃべってもおかしなふうに聞こえるんです。ドクター・フランクリンは彼とフランス語でしゃべってます。フランス語を学んだことなどないといっていたのに。カーラでさえところどころ口を挟んでるんです。彼がなにをいっているのかさっぱり理解できないのは、自分だけのようですね。

——その口ぶりでは、どうも彼のことがあまり好きではないようですね。

——そこまでいうつもりはありません。われわれはまったく異なる種類の人間だというだけです。彼を見ていると、高校のときによくみんなでいじめていた連中を思い出すんです。そのことは考えたくありません。

——十代の頃の人への接し方を誇りに思っていないというのですね？　きみは他人をいじめて喜ぶような人間には思えませんが。

——まあ、誰かをぶちのめしたりいたぶったりしたわけじゃありませんが、ほかのやつらと同じでまわりから浮きたくなかったんです。フットボールチームというのは……どんなものかはおわかりでしょう。

——わかりませんね。

――チームのやつらはよく、運動が苦手な連中のことを冗談の種にしてました。機会さえあれば廊下でからかったものです。自分はそれが間違ったことだとわかる程度の頭は持っていましたが、連中を止めるほど勇敢ではなかった。自分より弱い連中をかばいはしませんでしたし、ひょっとしたらそうするべきだったのかもしれません。

――きみ自身、十代の子どもだったんです。その行動を大人の目を通して裁くのは不公平だと思いますね。

――そうかもしれません。まあ、そのことが気になって眠れないということはありませんよ。ただあなたに、なぜ……と尋ねられて、そうかもしれないと思って……。気にしないでください。いったん彼と知り合いになれば、きっとうまくやれます。ひとつ質問をしても？

――もちろん。

――なぜわれわれはこういうことをしているんですか？

――きみは古代の地球外生命体の文明によって地球に残されたあの人工遺物が、われわれの注目に値しないと思うのですか？

――いいえ、自分がいいたいのは、なぜわれわれがやっているのかということです。これがどんなに驚くべきことかは理解してますし、ローズが加わっている理由はわかりますが、なぜ軍が関わっているのでしょう？

――まず第一に、軍は関わっていません。陸軍についていえば、きみとミズ・レズニックは訓練任務に就いている最中です。ですがきみの質問に答えるなら、この大発見は科学界が取り扱うのがいちばんふさわしいとはいえない影響をもたらすかもしれない、とわたしは感じています。トルコでなにが起こったかは見たでしょう。われわれには群衆を整理するもの、回収チーム、地元の当局者を管理するものが必要です。わたしの感覚では、その手のことはすべて軍の訓練を受けた人間が誰よりもうまくやってのける気がします。

――われわれが探しているものには軍事上の利用価値があると思われますか？

――それはわたしにとっていちばんの関心事ではありません。わたしはこの発見からなにかに学ぶことになるかもしれないと思っています。われわれが学ぶことに軍が関心を示すか否かは、時がたてばわかるでしょう。しかしきみとミズ・レズニックが加わってくれたことで、この計画が成功する可能性が高まることは絶対に間違いありません。

――ありがとうございます。自分はただ、いつのまにか誰かの陰謀に加担していた、というはめになりたくないだけなんです。

――もしそうだとしたら、きみに話すと思いますか?

――おそらく話してもらえないでしょうね。

――それなら安心してください、ミスター・ミッチェル。われわれはみな、大義のためにこの件に関わっているのですよ。

ファイル番号〇三一

私的記録――アメリカ陸軍三等准尉、カーラ・レズニック

今日わたしたちはひとりの子どもを殺した。ひとりの幼い少女を殺してしまった！　こうなることは予想がついたはずなのに。いつかきっと起こるに決まっていたのだ。あのハイウェイの一件を教訓にして注意するべきだったのに、わたしたちは次のパーツを見つけることに夢中になりすぎていた。ああいうものが埋められた場所は、当時は基本的にあたりにはなにもないただの森か平原だったということは、つい忘れがちになってしまう。わたしたちが最初の四つのパーツを見つけた場所は、純粋に運がよかっただけなのだ。そして今回、あの幼い少女が死んだ！　みんな死んでしまった！

わたしたちはとても上機嫌だった。作業ははかどり、計画していたよりも早く設定した升目のなかを移動していた。

天気もすばらしくよかった。わたしはふだんより早く起床して、朝の早い時間に研究所に着いた。わたしたちが飛ぶのは夜間だから、ドクター・フランクリンやそのほかの誰とも、まと

もに研究所で一緒に過ごすことはない。だが今朝は全員そろっていて、わたしたちは噂話を交換し、おたがいの仕事について学びながら何時間かおしゃべりをした。

ミッチェルとわたしは十時半頃、出発した。飛行計画の準備のために車で基地へ移動し、それからまっすぐラスベガス近郊のネリス空軍基地へ飛んだ。目の状態は思っていたほど気にならなかった。もう痛みはないが、数時間たつとうるんでくる。夜はそれほどひどくないが、今回は日中に長距離を移動したので少し心配だったのだ。

ネリスに着くと二時間の仮眠を取ってから、ふたたび飛び立った。今日わたしたちが飛ぶことになっていたのはアリゾナ北部だった。基地から飛んできたいちばん遠い場所だ。長い一日だったが、わたしたちはグランドキャニオンの上を飛ぶことに興奮していた。ふたりとも見たことがなかったのだ。夜間にあの高度からではほんとうはなにも見えるはずはなかったが、パリでの乗り継ぎ時間のようでいい気分だった。けっして空港から出ることはないが、それでもパリにいるようなものだ。

飛行の終了直前まで、これといったことは起こらなかった。左手にいくつか光がちらついているのに気づいたとき、わたしたちはグランドキャニオンの南端付近を西へ向かっているところだった。今回は体のパーツを見つけたほかのときとは違っていた。白く光っている部分があったのだ。それはいつのまにかそこにあり、ミッチェルもわたしもまったく注意を払っていなかった。真ん中に青緑色の地点があって、その周辺全体で光がちらついていた。わたしはイラクにいった経験がある。それは誰かが町の真ん中に爆弾を落としたあとのように見えた。わたしは地図を見た。そこはフラッグスタッフの町だった。

わたしは急降下して、南に見える青緑色の地点へ向かった。接近するにつれて、被害の全容が見て取れた。そのパーツ――上空から見たところ、上腕のようだった――は、ひとつの街区を丸ごと壊滅させていた。端のほうの何軒かの家はまっぷたつに引き裂かれていた。電柱が倒れ、いたるところで火花が飛んでいた。残っている家の多くは燃えていた。

わたしは三ブロックほど離れたレストランの駐車場に着陸した。わたしたちは炎に向かって走り出した。裸同然の人たちが数人、反対方向へ走っていた。現場は大混乱だった。消防隊はまだ到着しておらず、わたしたちの回収チームもまだだった。幸運にも手遅れになる前に自宅から逃げ出して、わが家が灰になるのを見ることができた人たちが何人かいた。彼らは落ちてくる電線を避けながら、通りを走っていた。かつて大きな家が二軒建っていた場所にできた大きなクレーターから、それとわかる光が発しているのが見えた。

寝間着姿の女性がひとり、どこからともなく駆け出してきて、金切り声をあげながらしがみついてきた。「エイミー！　エイミー！」女性はその名前を叫びつづけながらわたしの腕をつかんで、クレーターの縁のほうへ引っ張っていった。「あの子は自分の部屋にいたんです！　エイミーは自分の部屋にいたんです！」

女性の家は正面から見るかぎりなんともないようだったが、後ろ半分はきれいにはぎ取られていた。まるで人形の家のようだった——すべての部屋、すべての家具を見ることができた。エイミーの部屋は縁の上にあり、それはちょうど……。ミッチェルが懸命にその母親を制止しながら、わたしから引き離した。「娘さんは逝ってしまったんです」彼は母親をできるかぎりしっかり押さえながらいった。「もういないんですよ」

その穴は泥だらけで、瓦礫《がれき》でいっぱいだった。きっとどこかに送水管が走っていたにちがいない。電柱がブタクサのように突き出し、レンガのかたまりがごろごろしていた。一台の車の前端が見えた。すべてに泥と岩が交じっていた。生存者を捜す術さえなかった。

あの犬がいた。バーニーズ・マウンテン・ドッグ、子犬ではないが、まだ大人になりきっていないのは見ればわかる。犬はただそこに、ちょうど縁のところに立って、瓦礫の一角に向かって吠えていた。たくさんの犬が吠えていたが、その一頭は跳びはねつづけ、同じ地点に向かってずっと吠えていた。とにかくどこか適当な場所を見つめて、躍起になって吠えている。そこには泥と何着かの衣服、それに一台の電子レンジしか見えなかった。

ミッチェルとわたしはクレーターを離れ、縁に建っている二軒の家を通り抜けた。なにもなかった。

あの夜死んだのは八人だけだった。彼らからはそう聞かされた。どうやらほとんどの人たちは地面が震えはじめたときに逃げ出したらしい。八人だけ……。わたしは四千六百メートル上空でボタンを押し、八人の人間を殺した。けっしてそんな目に遭うようなことはしていない、ふつうの人たちを。きっと彼らはひどく怯《おび》えていたことだろう。

わたしたちがなにをしようとそのうちの何人かでも救うのは無理だっただろう、と彼らはいう。だがそんなことはないのはわかっている。そうしようと思えば、わたしたちはあの上を避けて飛ぶことができたのだ。今度のことはどれも、やる必要のないことだった。命令に従っていただけだといえばすむほど、簡単なことならよかったのだが。わたしはいくことを選んだ。わたしには責任がある。

誰もがこの件を葬る方法を見つけているようだ。わたし以外は。彼らはみんなわたしのことをひどく心配し、とても気遣って同情してくれている。わたしはそんなふうに注目されるのが得意ではない。それが哀れみでないのはわかっているが、わたしは面倒を見る側の人間でいることに慣れている。

ミッチェルはわたしが許すかぎり頻繁に会いにくるが、それでも彼にとっては明らかに充分でないようだ。彼は誰の目にもそうとわかるくらい、ほんとうに心配してくれている。だがわたしはこの件について彼と話したくない。ミッチェルはわたしと同じくその場にいた。実際にボタンを押したのは彼だ。わたしと同じくらい責任を感じているにちがいない。そしてもしふたりが一緒に飛びつづけるなら、わたしはこのことを妨げにしたくない。

このことがあって以来、わたしはドクター・フランクリンと多くの時間を過ごしている。彼女は自分のことをローズと呼ばせたがる。まるでわたしにそんなことができるとでもいわんばかりに。それにしても彼女は、ほんとうにうまく正気を保っている。今回のことをすべて指揮したのは彼女だ。その肩にかかっている重みは、きっと耐えがたいほどだろう。

ドクター・フランクリンは毎朝出勤前にやってきて、ときには二、三時間過ごしていく。彼女は姉の役を演じるのがとてもうまい。わたしになにかほかのことを考えさせてくれるのは彼女だけだ。一日おきに新しい本を一冊持ってくるのだが、恐ろしく陳腐な恋愛ものばかりでろくなものはない。だが彼女もそれを読んで、ふたりとも読みおえると一緒にそれを笑いの種にする。わたしたちはその手のものに対して同じ種類のユーモアのセンスを持っている。男女の関係については彼女もわたしと同様、幸運に恵まれてきたのだろう。

ドクター・フランクリンからは一度も、なにが起きたのか話すよう求められたことはない。彼女はわたしがほかのみんなに事故について話してきたのを知っている。みんなそのことばかり話したがる。だがわたしは際限なく追体験しなくても、あの出来事を覚えている。わたしはその場にいたのだ。それがどんなふうに起こったか、死ぬまでずっと忘れないだろう。細かいことまですべて覚えている。人々の服装、まっぷたつに引き裂かれた家の壁に掛かっていた額。ドクター・フランクリンはそれを理解してくれている。わたしはそのことに感謝している。もし彼女がいてくれなかったら乗り切れたかどうか、自信がない。

それでも、この件からなにかいいことが起こると彼女が信じているのは、わかっている。わたしにはわかるのだ。しばらくは科学的好奇心につき動かされているだけだろうと思っていたが、いまでは彼女がその価値を信じていると知っている。ドクター・フランクリンは本気で、わたしたちがなにか人々の役に立つ知識を手に入れられると思っているのだ。このような悲劇のあとで、その種の確信が残っているのを見るのは嬉しいものだ。そんなことは予想していなかった。

驚いたといえば、昨日ヴィンセントが現れた。わたしたちはおたがいのことをほとんど知らなかったから、彼がやってくるとはまったくの予想外だった。彼はほんの少ししかいなかったが、本人曰《いわ》く、プレゼントを持ってきてくれた。ホームデポの二十五ドルの商品券だ。わたしは大笑いした。たぶんそれが狙いだったのだろう。それから彼は、それじゃあ、とだけいって帰っていった。あれにはなんだか妙にじーんときた。わたしは彼のことをなにも知らない。ずっとひとりきりで別の部屋で過ごしているので、まったく話をする機会がないのだ。

ドクター・フランクリンの話では脚を組み立ててみたら、わたしたちが予想していたものとは違っていたそうだ。どうやら膝がおかしな向きに曲がるらしい。余分な関節がひとつあるから、まだ腿の上のパーツがひとつ見つかっていないことになる。彼女は馬の後ろ脚のようだといっている。それを見るのが待ちきれないが、まだ復帰の準備はできていない。

それはきっと見物にちがいない。ライアンはわたしたちの名無しの友人から、あとを引き継ぐ気はないかと尋ねられたそうだ。彼はその考えにあまり乗り気ではなかったが、もしわたしがそうしろというなら引き受けるといった。もしわたしがやめたければなにか地上での仕事を見つけてもらえるだろうし、みんなわかってくれるだろう、とライアンはいった。

なんて親切な人たちだろう。ライアンはボーイスカウトみたいにひどく生真面目で、自分がからかわれていることを知りもしない。わたしの印象では、わたしたちが相手にしているのは簡単に否という答えを受け入れるような人物ではない。いざとなったらわたしたちの「友人」は、わたしをやめさせたりする前に銃を頭に突きつけてくるだろう。

それはさておき、わたしはどうしたいのだろう？　まるでまったく何事もなかったかのように軍の仕事をこなす？　わたしはそれについて誰にも話すことさえできないのだ。こんなことをいうとひどく利己的に聞こえるだろうが、この仕事を離れ、基地から基地へ木箱を運ぶ作業に就くなどごめんだ。死ぬほど退屈することになるだろう。第三次世界大戦かなにかがはじまらないかぎり、なにわたしはそれに、それにわたしは知らなくてはならない。つまり、誰がどうしたらこんなことをはじめられたのか、そしてどういうわけでその結果を予測できなかったのかを。さもないとわたしは気が変になってしまうだろう。

たったいま、わたしたちの私的記録が研究所のサーバーに保存されていることに気づいた。もし「例のあの人」がそれに聞き耳を立てていなかったら、ほんとうに驚きだ。ちょっと！そこのくそったれ！　あんたにいわなきゃならないことがふたつある。その一、こんなことはもうやめな。その二、たぶんあんたがわたしを選んだのには理由があるんだろう。目をやられた態度のでかい小娘を、わざわざ選ぶ必要はなかったんだから。わたしは人生で一度もなにかを途中でやめたことはないんだ。もしわたしがこの件を投げ出せるなんて思ってるなら、あんたはあのばかばかしいテストからたいして学んでないね。

さっきもいったように物事を整理する時間が少し必要だけど、わたしたちはこれをやりおえなくちゃならない。あの幼い少女、あの人たちみんな……。わたしたちはこれをやり遂げなくちゃならないんだ。

ファイル番号〇三三

ニュース記事――アリゾナ・リパブリック紙の記者、キャサリン・マコーマック

フラッグスタッフの恐怖――爆発事故で八人の死者

昨夜フラッグスタッフで一街区の半分以上が破壊された。当局はテロリストの計画が失敗したことによるものだと考えている。

自国内テロリストの疑いがあるオーウェン・リーマンは昨夜午前一時頃、十五歳の息子のほか、六名の人たちとともに死亡した。爆弾の製造中に起きた悲劇的な事故と思われる。

リーマンは二〇一二年に障害者給付金の支払いを拒否されてから連邦政府に手紙を送りつづけており、その内容は次第に敵意を募らせたものになっていた。「最近送られた手紙の一部で使われた言葉は、威嚇的とみなされるものでした。われわれはそのことを深刻に受け止めています」ＦＢＩ捜査官のロバート・アームストロングはフェニックス支局でそう語った。「現場から回収された破片と同様、微量元素からも、われわれはミスター・リーマンが大きな爆破装置の製造を試みていた最中で、それが偶然爆発したにちがいないと信じるにいたりました」Ｆ

BIは数カ月間ミスター・リーマンを監視していたが、逮捕するだけの充分な証拠はなかった。「いうまでもなく、いまわかっていることをそのとき知っていればと思いますが」アームストロングは語った。「標的はウッドランズ・ヴィレッジ大通りの社会保障事務所であると考えています」

火災の被害がなかったことについて質問されると、アームストロングはこうつけ加えた。「爆発はミスター・リーマンの住まいの真下を通っている水道管を破裂させました。それがある種の地滑りを引き起こし、瓦礫の大半を呑みこんで火を消したのです。われわれはついていました。もっとひどい事態になっていたかもしれないのです」

近所の住人クラリッサ・パーローは、リーマンが隣人たちから好かれていたと語った。「物静かな人でしたよ。なによりも内気という言葉が似合うような。他人のことはけっしてわからないということなんでしょうね」

さらなる調査が進行中。アデル州知事は今日このあと現場を訪れて、会見を開くことにしている。

ファイル番号〇三四

安全保障担当大統領補佐官、ロバート・ウッドハルとの面談

場所：ワシントンDC、ホワイトハウス

——きみが自分を何様だと思っているのかも、誰に申し開きをしているつもりなのかも知らないが、ここは大統領執務室だ。資金調達のために軽く嘘をつけばすむ、どこかの小委員会ではない。国家安全保障局《NSA》はいったいなんだってあんな事態が起こることを許したのだ？

——あれは彼らの専門外でした。

——まあいい、それなら専門外だったとして……。きみがどうやってこの件について彼らの同意を取りつけたのか、あまり知りたいとさえ思わんのだがね。

——彼らはどのようなことにも、同意も反対もしませんでした。それはただ……彼らの専門

外だったというだけのことです。わたしは彼らが関与を続けてもなにも得られるものはないと感じていました。そもそも彼らがどういう経緯で、なぜ関わることになったのか、わたしは知りません。彼らは暗号解読の専門家です。通話の分析をするのが仕事です。地球外生命体の文明によって残された巨大な人工遺物は、彼らの守備範囲から少々外れているように思えます。もしこのプロジェクトについて電話で話す必要があるなら、わたしはＮＳＡに頼むでしょう。

――きみがわが国の機関にそこまで敬意を抱いているとは、けっこうなことだ。ひとつ尋ねる。ＮＳＡになにができてなにができないかを彼らに教えてやるとは、きみは何者なのだ？　いや忘れてくれ。ただきみがいったい何者なのか教えてくれ。

――わたしは国家安全保障局に最大限の敬意を抱いています。また、かかりつけの歯科医や会計士を大いに尊敬してもいます。ですが彼らのどちらにも、われわれの調査チームを率いてほしいと頼んだことはありません。

――わたしの質問に対する答えになっていないな。

――あなたがこの仕事をお引き受けになったとき、なんと聞かされましたか？

――なにもだ！　国家の安全のため、可能なかぎりきみに協力するよういわれたよ。そうだな、現時点ではこれがわたしにできる精いっぱいのところかもしれん。

――あなたは国家の安全のため、よくいわれるように、この問題をひと晩寝かせて考えられたほうがいいのかもしれませんね。

――貴様たちは八人殺したんだぞ、このクソ野郎！　八人のアメリカ国民を――あろうことか、ひとりは子どもだった！　赤い巻き毛と鮮やかな青い目をした六歳の女の子だ。

――もし彼女の目の色が違っていたら、気分はましでしたか？

――あの子の顔はこの国のあらゆる居間の、どのテレビにも映っているんだ。

――あれは不幸な事故でした。予見不能だったといえればいいのですが、それは必ずしも事実ではないでしょう。人口密集地帯でパーツが見つかる可能性は、許容可能な程度に低いと考えられていました。われわれには不測の事態に備える計画があり、それは瑕疵《かし》なく実行されました。われわれは不利な状況を収拾するために最善を尽くしたのです。

――そして見事な仕事をしてくれたよ！　兵士の一団が泣いている母親をトラックに押しこむとはな。ＣＮＮにはっきり映っていたぞ。

――われわれはつじつまを合わせる筋書きを用意しています。

――知ってるとも。読ませてもらったよ！　自国内テロリストの疑いがある人物の自宅で、手製の爆弾がたまたま爆発した。それを喜んで受け入れろというのか。きみは自分の大事な小さな像を隠せるからというだけの理由で、国中に警戒態勢を取らせるつもりなんだな。きみがこの責任を押しつけている家族のことはどうする？　きっと彼らの親戚は、オーウェンおじさんがテロリストだったと知ってぞくぞくするだろうな。いいか、これはゲームではないんだぞ。

――わたしがやったのはこの国でたびたび行われてきたことばかりだというのは、おたがいよくわかっているはずです。それにプライドが邪魔をして認めづらいかもしれませんが、今度のことのおかげであなたがたの支持率は二十ポイント跳ね上がるでしょう。ああ、そんな目で見ないでください。あなたは多くの才能をお持ちですが、そのなかに芝居は入っていません。

選挙まであと一年を切っています。危機の最中の選挙で敗れた大統領がこれまでに何人いたでしょう? あなたはそこに突っ立って、そんなことは考えなかったと本気でおっしゃるつもりですか? ちらっとでも?

認めても差し支えありませんよ。あなたがたは今回の悲劇の要因ではなかったし、あの幼い少女の死に対してほとんどなんの責任もないのです。あなたがたがこの件から利益を得る立場にあるからといって、恥じる理由はないと思います。

それから念のためにいうと、あれは像ではありません。なんらかの乗り物の一種のようです。

——……報告書にはそんなことを示唆する内容はなにも……

——あなたがお持ちの報告書は少し古いのかもしれませんね。当然すべてのパーツがアメリカ国内で見つかるとは思っていませんでしたから、わたしは合衆国外でドローンに超高々度飛行をさせる第二のチームを組織しました。

——これはまた現実離れしたことを。いつのことだ?

——六カ月ほど前です。

――六カ月だと！　だが六カ月前には、きみはろくに調査に取りかかってもいなかったではないか！

――避けては通れないことを遅らせる理由があるでしょうか？　われわれはほとんど居住に適さない北極から取りかかりました。そしてエルズミア島の氷の下になにかを見つけたのです。なにかあなたが興味を持ちそうなものを。

――なんだろうとそういう愚かなことをする前に、そうだな、わたしに話すべきだったとは思わないのか？

――親愛なるロバート。あなたと話をするのは実に愉快ですね。もしわたしがちらっとでもそうする必要があると考えたことは、躊躇《ちゅうちょ》なくあなたのところにお持ちしますから、安心していただいてかまいませんよ。

――地獄に堕《お》ちろ……。それに侵入されたカナダは黙っていないだろう。

――彼らはわれわれがそこにいることをろくに知らなかったのです。それにデンマーク船による領海侵犯をひどく心配していますから、おそらくわれわれがその海域を巡視することを歓迎するでしょう。

われわれは胴体を見つけました。大きな、とても大きなものです。表面はほかのすべてのパーツと似ていますが、背中にとても小さなハッチを見つけました。このパーツはなかが空洞です。内部は大きな部屋になっていて、操縦室らしきものがあります。

――つまりそれは動くということか？ ロボットのように？

――それがいまのわれわれの仮説です。残りのパーツを見つければ、それを確認できます。

――いいだろう。そういうものは予想していなかったが、われわれは地上、水中、空気中、宇宙でさえ動くものをすでにたくさん持っている。それにはなにか攻撃的な能力があるのか？

――すべてのパーツが手に入ればわかるでしょう。さっきも申し上げたとおり、われわれはほんとうに調査範囲を合衆国の外に広げる必要があるのです。

――ほかに何カ国を考えているんだ？

――どういう意味でしょう？

――どういう……？　単純な質問だろう。何カ国だ？

――全部ですよ、もちろん。

――整理させてくれ。きみは現職の大統領に地球上のすべての国の上空を侵犯することを許可させて、その隅々まで放射性物質を撒くことができるようにさせたいというんだな。すべては巨大な地球外生命体のロボットのパーツが見つかるのを期待してのことだと。それで全部か？

――いいえ、違います。大統領にはそれよりずっと多くのことをする覚悟をしていただかなくては。これは手はじめにすぎません。あのかたがその点をはっきりわかっておられることがいかに重要かは、いくら強調してもしたりません。招かれていない他国の上空を飛行するのはたやすいことです。正しく行えば、われわれがそここにいることに誰も気づきさえしないでしょう。ですがそれがうまくいけば――そして最終的にはうまくいくでしょう――それらの体のパーツは地表に現れることになります。人里離れた辺鄙《へんぴ》な場所に現れるものもあるでしょうが、なかには間違いなくこちらがまったく望んでいないところに現れるものもあるでしょう。それらは猛烈な勢いで急速に上昇し、ものを破壊することになります。あなたはフラッグスタッフの件を深刻な事態だと考えられた。そうしたもののひとつがロンドンやパリの繁華街に現れたらどうなるか、想像してみてください。モスクワの赤の広場に現れたら? 八人どころではない、はるかに大勢の人たちが命を落とすでしょう。最近死んだ人たちと同様、彼らにはなんの罪もないはずです。赤い巻き毛の幼い少女がさらに出てくるでしょう。

もっとも重要なのは、わたしの部下が常にその場にいて、ものの数分でパーツを回収できるとはかぎらないということです。つまりほかの人々が回収することになるのです。きっと彼らには、自分たちがなにを見ているのか見当もつかないでしょうが、それが注目に値するものだと理解するのに長くはかからないでしょう。それにきっと彼らも、自国民の幼い少女たちが大地にめりこむのを快《こころよ》くは思わないでしょう。

あなたがたはそうした人たちからそのパーツを取り戻さなくてはなりません。まずは優しく頼むことになります。なかには耳を貸す相手もいるでしょう。ですがそうではないものもいるはずです。

その場合はどうするか？　すでにあなたがたの手は大量の血で汚れているでしょう。そこでやめにしますか？　あなたがたはほんとうにご自身の胸にこう尋ねる必要があります。「わたしにはどこまでやる覚悟があるのだろう？」と。あなたと大統領にとことんまでやる気がない場合でも、このゲームにはあなたがたと同じためらいを持たない別のプレーヤーが存在するかもしれません。

——わたしを脅すのはよせ。わたしを脅したりするんじゃない。貴様にはわたしに無理やり話を聞かせるだけのコネがこの執務室にあるのかもしれんが、もしまたわたしを脅したりしたら、どこかの三流国で一日に十回水責めにされながら、残りの人生を惨めに過ごすはめになるだろう。わたしにも知り合いはいるんだ。わたしのいいたいことははっきり伝わったかな？

——親愛なるロバート、いつもながらあなたは絵に描いたように明快だ。中身のない脅しは脇へおくとして、わたしの主張はいまも変わりません。これはけっして、われわれがこの国を離れずにできるようなことにはならないでしょう。思い出してください——それにわたしの最初の報告書を読んだときに、あなたにはこうなることがわかっているべきでした——あのパーツは三千年前に埋められたものだということを。あなたがそれほどまでに飛びこえることを心配しているそうした国境線は、すべて地図上では色のついた線にすぎません。そういう線はどれも、三千年前には存在していなかったのです。

——二、三千年前なら、そうしたものを掘り出すのにはるかに都合がよかっただろうということはわかる。どういうわけか、それですべての同盟国や敵国の上空を侵犯するという案の異常性が弱まるわけではないがな。むろんきみが、いまわたしにしてみせた地図と色のついた線の演説を世界中の指導者に聞かせる気があるなら話は別だが。その色つきの線について知りさえすれば、きっと彼らは喜んでわれわれを迎え入れてくれるだろう。

——好きなだけわたしをばかにしていただいてけっこうです。今日の終わりには、これがやるべきことなのだと気づかれるでしょう。お気に召さないかもしれませんが——わたしは間違いなく気に入りません——それでもやはり、やらねばならないことなのです。

——ドクター・フランクリンはこのことを知っているのかね？

——いいえ、まだです。あなたが最初に知りたいと思われるだろうと考えたものですから。

——中空の胴のことかね、それとも第二のチームのことか？

――どちらもです。

――まったくきみというやつは。第二のチームを組織したことを彼女に話していないのか？ それを聞いたらきっと、彼女はさぞわくわくするだろうな。

――それはあなたが心配なさることではありません。

――おそらくそのとおりだろう。ドクター・フランクリンにはきみから話してもらいたい――胴体のことについて。どのみちもうひとつのチームについても、きみは話さざるを得なくなるだろう。彼女は腹を立てるだろうな。それがどんなふうに働き、なにができるのかをつきとめるよう、彼女に話してもらいたい。もし彼らがドクターを説得するためだけに二十四時間休みなしで働くはめになるとしても、わたしはかまわない。それから彼女と話したい。わたしはこの件について間違いなく、きみのことはいっさい信用していない。いいか、もし――聞いているか――もし彼女がやれるといえば、きみはこの執務室の全面的な支援を手にするだろう。もし無理だといえば……まあ、それができればすべての人にとってどれほど利益になるかを、彼女に印象づけようじゃないか。

――わたしに彼女を脅させたいと。

――わたしの望みはドクター・フランクリンやほかの関係者全員――これにはきみも含まれるが――に、テーブルにチップを置けば置くほどゲームをおりるのは難しくなると理解してもらうことだ。

――だからわたしに彼女を脅迫させたいと。

――きみの言い方だと、わたしが彼女を殺すことも厭《いと》わないように聞こえるな。

――そうなのですか?

――い、まさか！　いったいどうしてわたしがそんなことを?　たんにわたしは、もしドクター・フランクリンが職務を遂行できないなら首をすげ替えることも可能だと仄《ほの》めかしているだけだ。

――彼女がすでに「職務を遂行」してきたとは思っておられないと?

——遂行してきたとも。だが、もしドクター・フランクリンにわれわれを道の終わりまで連れていくのが無理でも、ことによると別の誰かにはできるかもしれない。彼女はそのことを認識しているべきだ。わたしはいま彼女を交代させると仄めかしているのではなく、その可能性を知らせようといっているだけだ。これと同じ理屈はきみにもあてはまる。

——実際にはそんなことはありませんが、あなたがそう思われるかもしれない理由はわかります。

——それはどういう意味かな？

——もし六カ月以内にいなくなることがわかっている従業員がいたら、あなたはいったいどれだけの責任を彼女に与える気になりますか？

——話が見えないいな。

——あなたは四年で失業するかもしれない人物、八年たてば仕事をやめねばならない誰かの下で働いておられる。たんにわたしは、この国にはより長期間にわたって関与を求められる多くの関心事が存在すると指摘しているだけです。

——そのことはきっと大統領に伝えておこう。

第二部　脚を折る

ファイル番号〇三七
ローズ・フランクリン博士との面談
場所：コロラド州デンバーの地下施設

――間違いなく女の子です！　あの胸部が運びこまれてきたときは、にやにや笑いが浮かぶのを止められませんでした。彼女の寸法からすればそれほど大きな胸とはいえませんが、それでもわたしの車より大きいんです。溌剌《はつらつ》として……きっと当時の女性型巨大ロボットみんなの羨望《せんぼう》の的だったにちがいありません。

――わたしはまだ見ていないのですよ。

——それなら、ぜひごらんになるべきです。胸当てと腹部の中央には凹凸はありません。アマゾネスのような滑らかな鎧《よろい》の一種を身につけているのだと思います。大きな肋骨《ろっこつ》の後ろの両脇に、二本の太い青緑色の動脈が縦に走っているんです。まるで解剖学的構造がむき出しになっているように。背中には大きな鱗《うろこ》のようなV字形の鎧の一部が刻まれていて、それが腰までずっと続いています。きわめて控え目にいっても、堂々たるものです。

——あなたの細部へのこだわりは高く評価していますよ。わたしにあの装置の美的価値を見る目がないわけではありません。そのパーツの一部は実に印象的です。あなたはその特別なパーツに対する自らの評価をひじょうに雄弁に語っていますが……

——それらのパーツ、複数形です。胸と腹は別々のパーツなんです。見つかったときには結合していただけで。

——訂正してくれてありがとう。わたしがいいかけていたのは、できればあなたにはそれらの複数のパーツの機能に集中してもらいたいということです。

——さっきもいったように、あなたはあれをごらんになるべきです。システィーナ礼拝堂について尋ねておいて、あの天井画に触れないことを期待するのは無理ですよ。美的感覚はたんなる傍注ではなく、ほかのどのようなことにも劣らず重要なんです。あれを見れば否応《いやおう》なしに、威嚇のためにつくられたのがわかります。直面したものが誰でも畏怖《いふ》の念を抱き、同時に恐怖をおぼえるようにつくられたのです。形態は機能に従う、です。

――生命はその表現において認識される。形態は常に機能に従う。それが法である。

――誰の言葉です？ フランク・ロイド・ライトですか？

――彼の師匠ですよ。さっきのわたしの批評は謝ります。あなたの判断を疑うような愚かなまねをするべきではなかった。

――いいんです。わたしは少し夢中になりすぎていました。ですがあの胴体はすばらしいし、とても大きなものです。

――どのくらいですか？

――とても大きいですよ。あれは……とにかく大きいんです。おおよそ六階建てのビルと同じくらいの大きさです。わたしたちは移転しなくてはなりませんでした。

――たしかに、ここは印象的な建造物ですね。なかに案内されたあと、トンネルのなかで迷ってしまいました。警備員がわたしを見つけてここに連れてきてくれるまでに、二十分近くかかってしまった。

――ここはわたしたちが移ってくる前は、まったくの空っぽだったんです。いったん正面玄関を通ってしまえば警備は手薄です。

――この施設についてほかになにかいえることは？

――ここは箱船と呼ばれています。わたしたちはデンバー国際空港の真下にいるんです。冷戦の最中に、万一核戦争になった場合の代替司令部としてつくられました。五千人近い人々に居住空間を提供することも可能で、世界最大の地下貯蔵設備を備えています。

――まるでシャイアン・マウンテン空軍基地のようですね。

――ほぼそうです。シャイアン・マウンテンは思いつくほとんどすべてのSF映画に出てくるようですから、おそらく攻撃目標リストの上位に載っていて、現代のミサイルの直撃には耐えられないかもしれませんが。この施設は八〇年代後半に政府存続計画が発令されたときに、司令部兼長期避難所として使用するために建設されたものです。

わたしたちは貯蔵区域への立ち入りを許されています。そこは九千三百平方メートルを超える広さで、天井高は九十一メートルあります。もし彼女をもとどおりに組み立てることができたら、歩きまわらせるだけの空間があるわけです。いまわたしたちには、彼女が歩けることがわかっていますから。

――あとで案内してもらいましょう。当然あなたは開口部を見つけたのでしょうね。

――ええ、背中のいちばん上、ちょうど肩甲骨のあいだにハッチがあります。見落としてしまいそうですが、扉には手形が彫られていて体温に反応するようになっています。手形に手を押しつけると扉がすっと内側に開く仕組みになっているんです。もちろんあなたの部下がすでになかに入っていますから、こうしたことはすべてご存じでしょう。

——少々不満げな口ぶりですね。

——それを不満と呼ぶ必要があるかどうかはわかりませんが、わたしはこのプロジェクトの責任者だといわれました。そうかと思えばわたしにはなにも知らせず、わたしの製法を使って北極の調査を行っているチームがあるという。ですから、ええ、わたしは完全に満足しているわけではありませんし、ほかにあなたから聞かされていないどんなことがあるのだろうと思っているんです。

——わたしはあなたにアメリカ本土の調査を終わらせてほしかったのですよ。まあ、もっと早く話すことはできたでしょうが。いまわたしは、こうして話しています。もはやあなたは捜索活動の責任者ではありません。そのほかのすべてはあなたの担当です。
あなたにはあれを作動させることに集中してもらいたい。そのほうがあなたの専門領域にはるかに近いし、これまであなたが秀でていた分野です。いいたくはないが、あなたは軍事戦略家ではありません。道路の最初のこぶにぶつかったとき、あなたは危うく自分のパイロットを失いかけました。請けあってもいいが、われわれがひとたびこの調査の範囲を外国の領土に広げれば、事態はとても不愉快なことになるでしょう。

——いいですか、自分が調査を仕切っていようがいまいが、わたしはたいして気にしていません。ただ隠し事をしないでもらいたいだけです。このすべてに取りかかって以来、わたしがなにか頼んだことは一度もありません。それがいま頼んでいるんです。陰でこそこそしないでください。

——そのことは心に留めておきましょう。さあ、その胴体のことを話してください。

——ハッチの奥には直径一・二メートルほどの小さなトンネルがあり、同様の手形が彫られた別の小さな扉に続いています——素材はわたしには識別できません。この扉は球形の部屋に続いています。幅は三十フィートほど。およそ九メートルです。

——ヤード・ポンド法にはなじみがあるんですよ。ありがとう。

——その部屋は胴体の傾き具合に応じて内側で回転します。要するに大きな姿勢制御装置《ジャイロスコープ》です。考え方はすばらしく単純です。球体は底のほうが重くなっていて、なにかの液体に浮かんでいるんです。あとは重力がやってくれます。もし体を傾ければ、内側の球体が水平を保ちます。その球体は半透明なようです。それが浮かんでいる乳白色の物質ごしに黒っぽい金属を見ることができます。内部はかすかに明るいのですが、これといった光源はありません。窓らしきものもいっさいありません。

部屋の床は平らで、ふたつの三日月形のデッキに分かれています。後ろのデッキは一メートル弱高くなっていて、前の部分に下りるための階段が二段、両脇についています。ふたりの人間、ふたりのパイロットを乗せる設計になっているようです。わたしは彼らのことをアニメーターと呼んでいます。水先案内人《パイロット》といってもほんとうの船ではありませんから、人形に命を吹きこむ存在になぞらえたほうがいいと思うんです。

後方のデッキにはほんとうに最低限のものしかありません。天井から床に向かってその半分くらいまで、一本の梁《はり》のようなものがのびています。その先端には黒いヘルメット――スクーターのヘルメットに似ていて、不透明なバイザーがついています――と、強化された拘束服のようなものが取りつけられています。それには前腕と上腕をすっぽり包む金属の装具があり、肩と肘《ひじ》の関節でつながっています。また胸を包む幅広の装具もあります。それぞれの腕の先端にはグローブのような装置がついています。その真正面に立っているのは、高さ一メートル弱の小さな金属の円柱です。

――なんのためのものかはつきとめたのですか?

――あれがなんなのか見当もつきませんが、わたしたちはまだろくになにも試していませんから。

前方のデッキははるかに手が込んでいます。幅約二メートルの三日月形の操作盤があり、その上には二十数個の記号が刻まれています。そのなかには手が見つかった空間のパネルにあったのと同じ、曲線的なものもいくつかありますが、それ以外はこれまで見たことがないものです。操作盤の正面のふつうなら椅子がありそうな場所には、円形の部分があります。深さはほんの一、二センチですからプールとはいいませんが、それはなんらかの乳白色の液体で満たされています。とても滑らかでつやつやしていて、液状のテフロンのようです。そのちょうど真ん中の床から、高さ一メートル弱の柱状のものがのびています。その柱にはもうひとつの黒いヘルメットが取りつけられ、あぶみのついたそろいの脚用の装具がひと組、液体が溜まった床から数センチのところにぶら下がっています。どうやらひとりが腕と胴体を操作するあいだに、もうひとりが脚の操作に加え、その操作盤からできるほかの操作をすべて担当するようです。ここからが面白いところなんですよ。

――先を続ける前に、あなたは誰に上半身を操作させ、誰に脚を操作させるか決めているのですか？

——まだ決めていません。脚の操縦席は移動や操作盤にあるほかのすべての機能を操作する場所ですから、そこに座るにしろ立つにしろ、カーラが受け持つ理由はあります。一方で、脚を動かすのはきっと肉体的にきついでしょうし、ライアンはとてもたくましい男性です。おそらくふたりとも試して、どちらがより自然に感じられるか見てみることになるでしょう。

——それで、なんなのですか?

——なにというと?

——「ここからが面白いところなんです」といったでしょう。皮肉はわたしが好む意思疎通の形ではありませんが、それでも気づくことはできます。当然あなたは、なにか悪い知らせを伝えようとしていたのでしょうね。

——脚用の装具は人間の解剖学的構造に合っていないのです。明らかに、ロボット本体のような脚の関節の持ち主のために設計されたものです。ずっとわたしは、あれをつくったものたちは少なくとも自分たちに似た姿をしているだろうと思いこんでいました。もし彼らが人間ではなかったとしても、ということですが。

——それはパイロットにとって問題になるのですか？

——どうやらわたしの意図がはっきり伝わらなかったようですね。膝が後ろを向いているんです！　ですから、ええ、問題です。脚を操作するためにほんとうに賢いダチョウを手に入れられないかぎりは。わたしたちは操縦装置を自分たちの解剖学的構造に適応させる方法を見つけなくてはならないでしょう。

——操作盤のほうはどうなのですか？　記号の解読は少しははかどっているのでしょうか？

——そうでもありません。ヴィンセントは操作盤をちらっと見ましたが、またパネルのほうの作業に戻っています。彼は記号を個別に見るより、どう結びついているかを確認しながら文脈のなかで解読するほうが可能性が高くなると感じているんです。

——彼は感じている……。あなたは彼を選んだことを考えなおそうとしているのですか？

——どうしてわたしがそんなことを考えていると……？

——あなたはミスター・クーチャーの意見から距離を置こうとしています。あなたらしくないことだ。あなたには成功したときはほかのものを称賛し、失敗したときは他人の責任を引き受ける傾向がある。だからあなたが考えなおそうとしているような気がするのですよ。

——ときには。誤解しないでもらいたいのですが、ヴィンセントは実に才気あふれる人物です。自身の専門分野をはるかに超えたことを理解しています。このあいだの晩、わたしたちは太陽系外の惑星について興味深い会話をしました。それでわかるように、彼は楽しみのためだけに空き時間に天体物理学について読んでいるんです。もしあの記号を解読できるものが誰かいるとすれば……

わたしはただ、彼の自尊心が妨げにならなければいいと願っているだけです。ヴィンセントはわたしに敬意を払ってくれますし、わたしにとって彼を好きになるのはたやすいことです。彼の基準に達していないものにとっては、少しいらいらさせられるところがあるかもしれませんが。彼は自分自身によりいっそう多くを求めているように感じます。心配なのは、この件が長引けば長引くほど……。ですが彼はカーラに気に入られましたし、それは簡単なことではありません。おかげでわたしたちみんなの生活がはるかに楽になるのは間違いありません。

――彼のファイルは読みましたよ。わたしはあなたが評価しているよりも立ち直りの早い人物だと信じています。

――読んだ……。彼についてのファイルがあるんですか?

――あなたの美容師のファイルもありますよ。あなたは月に一度、彼の店に通っていますね。ヴィンセント・クーチャーはこのアメリカでは外国人であり、日常的に最高機密レベルの情報に直接アクセスしています。彼に関しては膨大な量のファイルがいくつか存在します。

――わたしの美容師のファイルもお持ちなんですか?

――ええ。彼はほんとうに確定申告をする必要がありますね。ミスター・クーチャーについていえば、もしあなたが交代させたければ……

――それは誤解です。もしそれが可能なことならヴィンセントには解読できる、とわたしは確信しています。ただああいうものを読み解ける人間が誰かいるのか、確信が持てないだけです。それはまったく可能性のないことなのかもしれません。わたしがほんとうに心配しているのはそのことです。それが彼にどういう影響を与えるかが心配なんです。ヴィンセントが自分に解けない問題に直面した経験があるとは思えません。もし自分が失敗しようとしていると感じたら、あっさり自殺してしまうかもしれません。

――無神経なやつだと思われたくはありませんが、あの記号の基本的な理解がなければわれわれはあの機械を作動させることができません。ミスター・クーチャーが失敗に対してどう反応するかは、史上最大の科学的発見と比較すればかなり些細《ささい》なことに思えますね。もしあなたが彼の成功を疑わしく思うなら、ただちに交代させなくてはなりません。もしあなたの気がかりが、彼の自尊心が取り返しがつかないほど傷つくかもしれないということだけなら、われわれは自由に使えるかなりの財源を割《さ》いて、金で手に入るかぎりで最高の支援をミスター・クーチャーに与えると約束します。三十時間のセラピーがわれわれの家計を破綻《はたん》させるはずはありません。

――ヴィンセントにはもっと時間が必要なだけです。

――彼には一週間与えましょう。

ファイル番号〇三九
実験記録――アメリカ陸軍三等准尉《じゅんい》、カーラ・レズニック
場所：コロラド州デンバーの地下施設

記録者、カーラ・レズニック。今日は九月二十日。現在……午前十時二十五分。実験中はドクター・ローズ・フランクリンが研究室からわたしの生命徴候をモニターしてくれている。よろしく、ドクター・フランクリン！　わたしたちは機械の内部の制御装置を試そうとしている。完全に組み立てられた左腕が胴体に取りつけられており、これでわたしがそれを動かせるかどうかわかるだろう。もしそこまでたどりつきさえすれば。いまわたしは背もたれのない高い椅子を持って、階段を上っているところだ。

ほんとうにこのためにエレベーターを設置するべきだと思う。脚がついていなくても、これの高さはかなりのものだ。頭と胸にこんなにセンサーを張りつけられていると動きにくい。ワイヤーがはがれてしまわないか心配だ。椅子を運び上げなくてはならないだけでも充分大変なのに。わたしたちの共通の友人と話をするときに、北極でなにか地球外生命体の脚立に似たも

のが見つかっていないか尋ねてちょうだい。もしほかに誰かこれを聞いているならいっておくけど、胴体の内部に続くハッチは床から約一・五メートルのところに開いてる。飛び下りるにはたいした高さじゃないけど、なかからそれを閉じたりまた開いたりするには、身長が二メートル半くらい必要になる。この話の教訓はこう。ひとりきりでそこに入るな。さもなければ高い椅子を持っていけ。おしっこにいくのを忘れるな、というのもね。

いまはてっぺんまであと三十段くらいのところ。それはそうと、なぜこの階段を上っているのはわたしなんだろう？　自分が腕のパイロット、片方しかない腕のパイロットだってことはわかってる。でもいまのところこれには脚がないんだから、ひょっとしたらわたしたちは、ほら、少しは分かちあえるかもしれないのに。ライアンの体格はわたしの倍あるし、きっと椅子を持って階段を十五階分上ることも苦にしないはず。

別に泣き言をいってるわけじゃない。わたしは……上っているところ。てっぺんに着いた。いまは……ちょっと息を整えようとしているだけ……

わたしの目の前にハッチがある。例の地球外生命体の手は、ほんとうに……ふつうだ。わたしのよりは少し大きいけれど、誰の手形でもそんなふうに見えるだろう。いまその上にわたしの手を押しつけている。すべてがかすかに振動しているのが感じられる。このハッチと球体のなかのハッチがきちんと並んでいるところなのかもしれない。それが開いていく。

もうひとつのハッチはすぐそこだ。この通路はどうしてこんなに狭いんだろう？　よし。ハッチが開いた。あとほんの一秒で、ばかみたいに運んできた椅子を床に落とし……それから……なかにもぐりこむことができる。

なかに入った。その空間は相変わらず明るい。その明かりはとても……心地よくて、暖炉の火が燃えている部屋みたいだ。いま内側のハッチを閉めたところ。椅子から下りて、後方の操縦席に近づいている。ローズ、あなたがこれを拘束服みたいだと思ってるのはわかるけど、わたしにいわせればそうとうかっこいいと思う。天井からぶら下がってるあの棒を外してスプレーで黒く塗ったら、バットマンも感心してくれるんじゃないかな。いま腕を滑りこませてるところ……

指がグローブにぴったりはまりそうにない。もぞもぞ、と……。よし、手が入った。グローブはほんのちょっとかたい。腕の装具を閉じる。いまは……大きな金属の指で前を留めようとしているところ。たぶんこれでいいと思う。今度は胸のまわりの大きな金属の装具を閉じているところ。

これをつけて動けるかどうかやってみる。腕と手にかかる抵抗は最小限で、可動性は上々。胸を動かすのは少しだけきつい。前屈して爪先に触ることはできるけど、しゃがむのは無理。この束縛から抜け出すまでは、ろくに膝を曲げることもできない。ここから離れることもできない。どんなものでも拾い上げるのは難しいだろう。ああそうか。わたしは大ばかだ。わたしの脚は勘定に入らないのに。ライアンが別の操縦席から操作してしゃがむことができるし、わたしは地面のどこにあるものでもつかむことができる。それが……わたしの役目。奇妙なことになるでしょうね。みんなが興奮してるのはわかってるけど、このふたりがかりの操縦法のこつをつかむには、しばらくかかるかもしれない。

もちろんそんなことは、あのヘルメットのなかにビデオスクリーンかなにかがついていなければ、わたしたちが抱えている問題のなかではいちばん小さなものになるだろう。なにしろ、そう、わたしたちには外が見えないんだから。わたしに見えるのは金属だけ。それにヘルメットのバイザーは完全に不透明みたいだから、もしスクリーンがついていなければ、まったくなにも見えないだろう。フォースを使うのだ、ルーク！　ひょっとするとそうなのかもしれない。もしかしたらこれはほんとうに大きなジェダイの訓練装置で、目を閉じた状態で一万トンの人形を動きまわらせることができるかたしかめるためのものなのかも。

ヘルメットをかぶってみるまで、ほかになにか試せることがあるとは思えない。ほら、ほんとうにヘリコプターのヘルメットみたいだ。いま頭にかぶろうとしてるところ。これでどうなるか……

うわーーーっ……

ファイル番号〇四一

私的記録――ローズ・フランクリン博士

わたしは怒っている。みんなに怒っている。わたし自身に怒っている。自分が理解していないものを使って実験をしておいて、なにもかもうまくいくだろうと決めてかかるとは、ほんとうに愚かなまねをしたものだ。わたしはばかだった。なにか疑問があるのは、あとは脚の制御装置だけというわけでもないだろうに。あの装置は人間のためにつくられたものではない。あれがわたしたちにどんな影響を及ぼすかは、誰にもわからないことだ。自分でもなにもわかっていないものをかぶってみてほしいなどと、よくカーラに頼めたものだ。しかも医療チームを同行させもせずに。

カーラはまだ入院中だ。あまりに強烈な痛みに、たちまち気を失ったといっていた。彼女は十字架に張りつけにされたキリストのように、自分の操縦席で腕を固定された状態でぶら下がっているところを発見された。ヘルメットはひとりでに停止していた。救急隊員たちが彼女のところまでいって運び出すまでに、三十分近くかかった。そのあいだにカーラはいつ死んでいてもおかしくなかったのだ。

意識が戻ったとき、カーラは完全になにも見えない状態だった。そしてわたしたちはその日のうちに、もう少しのところでまた彼女を失いかけた。いかにもカーラのやりそうなことだが、目を覚ますとすぐに点滴をむしり取って、手探りで部屋を出ようとしたのだ。そしてなにかにつまずいて金属製の戸棚にぶつかり、意識を失った。医者たちは額の傷を八針ほど縫わなくてはならなかった。

カーラは顔に軽い火傷《やけど》を負っていた。医者たちはそれを治療して、目を覆うために頭に包帯を巻いた。何日間かそうしていることになっていたのだが、もちろんほんの数時間後には外してしまった。むずむずするといって……。医者たちはカーラを叱《しか》ったが、それは口先だけだった。すでに彼女には何度か会っていたから——定期検診や、切り傷と打ち身を何度か治療した際に——おそらくそれだけ長く彼女が包帯をしていたことに驚いただろう。わたしは驚いた。

わたしがカーラを見舞うために病院に立ち寄ったときには、部屋中が騒然としていた。医者たちは内輪で議論をしている最中で、彼女の検査をさせようとひっきりなしにほかの医者を呼んでいた。なにが起こっているのか十回以上も尋ねたが、誰もわたしの言葉に耳を傾けてくれなかった。カーラがランプを壁に投げつけ、それが彼らの注意を引いた。

医者たちはカーラに、目は申し分ない状態だといった。思っていたほど彼女が有頂天にならなかったので、彼らは説明を続け、どういうわけか網膜剝離《もうまくはくり》が治っているといった。わたし自身信じなかったが、彼らはその前後の写真を見せてくれた。医療資格がなくても見ればわかった。あのヘルメットがカーラを治療していたのだ。おそらく目の傷を見つけて治療を進めたのだろう。わたしにできるのは、あれほど痛みがあったのはそのせいであるよう願うことだけだ。

どんなにほっとしたかを言葉にするのは難しい。カーラは大丈夫だ。実のところ、大丈夫どころではない。これは奇跡に近いことだった。それならなぜわたしは怒っているのだろう？ そう、わたしはとても幸せだった。わたしは研究所に駆け戻り、自分でヘルメットをかぶってみた。ばかでしょう？ なにも起こらなかったので、ライアンを起こして試してもらった。研究所の助手を全員呼んで試させた。それでも作動しなかったので、もうひとつの操縦席のヘルメットを全員試した。片手にあまるほどの候補者がいるなら、ひとりの命を危険にさらす必要はないはずだ。ああ、そしてヘルメットは壊れていた。おそらくもうひとつは、見つけたときにはすでに壊れていたのだろう。もうどちらも作動しないのだ。

わたしはなにを考えていたのだろう？ それがカーラの目を治した？ よくはわからないが、この地球外生命体には大きな目がひとつあるのかもしれない。ひょっとしたら八十個あるのかもしれない。ハエのような目をしているのかもしれないし、まったく目がないということもあり得る。それは彼女の頭を半分に引き裂き、変形させ、彼女ではないなにかに変えてしまったかもしれないのだ。カーラの身にはほんとうになにが起こっていてもおかしくなかったし、彼女が命を落としていた可能性もひじょうに大きかった。

カーラの身を守り、なにも起こらないように気を配るのがわたしの仕事だ。わたしはカーラをあそこへ上がらせ、彼女はわたしを信頼した。わたしの判断を信頼し、もし害があるかもしれないと思ったらいかせることはないだろうと信じた。わたしは科学者であるべきだった。もはや自分が何者なのか、わたしにはわからない。

カーラは明日、MRIを撮る予定になっている。脳になんらかの損傷がないか、調べなければ。もしわたしに少しでも常識があれば、誰にせよまたあの球体のなかに入らせるのは、その結果が出てからにするだろう。いまさらではあるが、わたしはカーラをあそこへ戻らせる前に、医者たちにさらにたくさんの検査を行わせるつもりだ。とにかく二、三週間は待つべきだろう。時間がたつにつれて、彼女にはさらに症状が出てくるかもしれない。

わたしは心底、カーラが大丈夫であるよう願っている。計画のためだけでなく、もし彼女の身になにか起こるのを許してしまったら、良心に恥じずに生きていくことはできないだろう。わたしは以前よりはるかに彼女と親密になっている。彼ら全員と親密になってはいるが、わたしはカーラのことがほんとうに好きだ。

彼女のことが好きなのはわたしひとりではない。ライアンは一言も口にしたことがないし、みんな気づいていないふりをしているが、もちろんカーラは知っている。わたしは知っている。ヴィンセントは知っている。きっといま頃はあのロボットも知っているだろう。わたしはライアンの幸運を祈っているが——そう願わないものがいるだろうか?——彼の片思いが自然消滅すればいいと思っている。ふたりが最終的には結ばれないことを、間違いなく望んでいる。わたしはカーラが好きだが、結局彼女はライアンをひどく傷つけることになるだろう。

それはそれとして、あのふたりは大変な働きをしてくれている。しばらく時間はかかったが、ライアンは彼女と充分な距離を置くことを身につけている。その点では彼を評価しなくてはならない。あのふたりは実に見事に補いあっている。うまく協力して働いている。もし一日中見つめあって過ごすことになるなら、彼らはそうするしかないだろう。

そう、わたしには制御のきかない未完成のロボットが一体と、のぼせあがったパイロットがひとり、そしてけがをしたパイロットがひとりいるわけだ。そのせいでどういう状況に置かれるのかはよくわからない。ヘルメットの件は大きな後退だ。あれをいつ修理できるのか、いや、修理できるのかどうかも、わたしにはわからない。たとえあれをふたたび作動させることに成功したとしても、病院行きにならずにかぶることができる保証はない。なんといってもあれは、わたしたちのためにはできていないのだから。

あんなことがあったため、わたしは脚の制御に取り組んでいる。ライアンはこの件で、ほんとうに貧乏くじを引いている。彼のヘルメットは作動せず、脚はおかしな方向に曲がっている。わたしたちの解剖学的構造に合わせて脚の制御装置を修正する方法を見つけられればと思ってはいるが、もし下手にいじくりまわしはじめれば、制御装置に回復不能な損傷を与えてしまう可能性があまりに大きい。もしなにかを壊してしまったら、使用されている金属を複製するのはわたしには無理だ。ブロートーチを持った誰かを近づける前に、わたしはやれることはなんでも試してみるつもりだ。

ライアンは反対向きになって操作盤に背中を向けた状態で、脚を動かすことができると考えている。そのあいだはずっと後ろ向きに歩かなくてはならないだろう。ばかげているとは思うがそれよりましな案はひとつも持ち合わせていないので、わたしは彼に試させてみるほうに傾いている。歩くというのは世間の人が考えているよりずっと複雑なことだ。わたしたちは無意識に行っているが、じっくり考えねばならないとなるとはるかに難しい。誰かの歩き方を批評して、相手の動きがどれほどぎこちないものになるか見てみるといい。それは複雑で、分解するのは難しい。

もしライアンが完璧に正しい動きをしなければ、ふたりはロボットのバランスを保つことができないだろう。あの構造物は高さがあって幅が狭く、重心はほんとうに高い位置にある。いまの状態でもびくびくものなのに、それを立たせたときに倒れたらどんなにひどいことになるかは想像もつかない。おそらく街区のひとつかふたつはぺしゃんこになってしまうだろう。

わたしはコンピューター・シミュレーションを制作するために、何人かの技術者を雇った。脚の制御装置やもうひとつの操縦席にセンサーを設置して、パイロットの動きをロボットのコンピューター・モデルに変換させるためだ。わたしたちはその結果をコンピューターの画面上で見ることができる。それには重量や速度、その他のいくつかの要素を考慮に入れなくてはならない。これで少なくとも、わたしたちが試そうとしていることが可能かそうでないかはわかるはずだ。

だから、もしわたしたちが命を落とすことなくヘルメットを作動させ、もしライアンが後ろ向きに歩きながら数キロトンの金属のかたまりを制御することができたら、残るは操作盤ということになる。ライアンはそれに背を向けているのだから、誰かほかのものが操作する必要があるだろう。

もちろんいまのところ、それは作動していない。ヴィンセントは初めてあそこに入ったときとくらべて少しも、操作盤上の記号の解読に近づいているようには思えないし、わたしたちにはそれがどういう働きをするのかまったく見当がつかない。これはわたしの専門外かもしれないが、時がくればその橋を渡ることができるだろう。操縦がどれだけ複雑なものになるかはわからない。物理学者、あるいは兵士、それともことによるとテレビゲームの達人が必要になるかもしれない。

わたしたちがストレスにうまく対処するのに役立つように、こうした記録をつけることになっているのはわかっている。まったく、それをいい出したのはわたしなのだ。だがいまのところ、役に立っていないといわざるを得ない。自分たちが最後にはこうした問題をすべて解決してあれを作動させられると、わたしは思っているのだろうか？　そう……おそらく月へいくことは、最初は実現不可能に感じられたはずだ。わたしはなにをいっているんだろう？　現時点ではわたしたちに望みがあるとはまったく思えない。

朝になれば気分は違ってくるかもしれない。どちらにせよ、わたしは起き出して仕事に戻るだろう。もしあの機械が作動する仕組みを理解することができれば、単純にいってあまりに多くの飛躍がわたしたちを待っている。すでに医療分野で劇的効果を上げる力を持っていることは、わかっているのだ。ほかにどんなことができても不思議はない。

それは怖いことでもある。もしあれが作動したら、そこから生じるかもしれないすべてを受け入れる覚悟が、わたしにはあるだろうか？　あれはわたしたちにあらゆる病気やけがの治療法を与えてくれるかもしれない。同様に何百万という人々を殺す力ももたらすかもしれない。良心にかけて、わたしはそんなことを望んでいるのだろうか？　この旅の結果、わたしたちがどこへいくことになるのかわかっていればと思うが、それはわからない。わかっているのは、この件がわたしより、わたしの自己不信より、あるいはどんな良心の呵責《かしゃく》より重大であるということだけだ。いまわたしは、このすべてにくらべれば自分がどれほどひどくつまらない存在かということを、心底思い知らされている。そのことを考えると気分がずっとましになるのはなぜだろう？

ファイル番号〇四二

実験記録――アメリカ陸軍三等准尉、カーラ・レズニック

場所：コロラド州デンバーの地下施設

記録者、カーラ・レズニック。今日は九月二十二日。夜中の三時なのでわたしをモニターしているものはいない。こんなことをすればたぶん厄介なことになるだろうが、まあいつものことだ。ドクター・フランクリンが今日――いや、もう昨日か――病院に見舞いにきた。彼女がわたしの身に起こったことに責任を感じているのははっきりしている。わたしは彼女のせいではないとわからせようとした。つまり、もし彼女があと一日待っていればわたしが勝手にあれをかぶろうとしなかった、とは思えないということだ。彼女はひどく落ちこんでいるようだった。どうやらわたしになんの後遺症もないとわかるまで、プロジェクト全体が保留になっているらしい。そのことは、まあなんとかなるだろう。

ドクター・フランクリンはわたしがヘルメットを壊してしまった、ともいっていた。まさか、ほんとに？　わたしはなにもしてないのに！　頭にかぶっただけで。だって……あれはヘルメ

ットでしょう? かぶらないでどうするっていうの。あれが壊れたという話も信じない。今日わたしはMRIを撮って、結果はまだ聞いていないけど、地球外生命体の装置に脳みそをかきまわされていないのはまず間違いないと思っているから、どうすれば自分の脳みそがあれを壊せたというのかわからない。まあたしかに、かつてないほど筋の通った考えとはいえないけど、なにしろあれはわたしの目を治してくれたんだから! 医者たちは無理だといっていたのに、あれはやってのけた。申し訳ないけど、三千年間地下に埋まっていたあとで目の手術をすることができるような機械が、わたしの小さな頭のせいで壊れるとは思えない。

わたしはほかのみんなほど賢くないが、あんなに強烈な痛みがあったのはあれが目を治療してくれたからだと思う。それともわたしの脳が予想とは違っているのがわかり、どうにかして適応したせいだろう。どちらにせよ、あれがわたしを治療できるほど賢いなら、まず間違いなくわたしを殺さずにすむ術を見つけるはずだ。これは直感なのだが、あれがわたしの脳に適応したとき、なんというか——刷り込みが行われた気がする。赤ん坊のアヒルのように。もしその勘が当たっていれば、あれはいま、わたしのことをママだと思っていることになる。もうほかの誰がかぶっても作動しようとしないのは、そのせいだろう。

これではもうひとつのヘルメットが作動しないことの説明にならないのはわかっているが、ドクター・フランクリンがいつもいっているように、一度にひとつずつだ。すべての問題を一度に解決することはできない。ほらね、ドクター・フランクリン、ちゃんと聞いてたでしょう。

いまわたしはひとつの問題を解決しようとしているの。あなたがなんというかはわかってる。わたしはまだ退院さえしていない。あなたや医者たちからは安静にして少し休むようにいわれたわ。そんなことをいわれても、わたしのせいですべてが止まっているのに休むなんて無理。それにあのヘルメットをかぶるたびに気絶させられるんじゃないかと気をもむのもごめんよ。このわたしがいくらかでも気持ちを楽にしようとしてるんだから、なにをしたか知ってもあまりひどく怒らないでね。もしわたしが十分以内に死ななければだけど。そのときは好きなだけ怒っていいわ。

それと病院の職員にも腹を立てないで。たぶん彼らはわたしがカフェテリアへいくところだと思ってたはず。だってわたしがそういったんだから。

いまわたしは階段のてっぺんにいる。今度は――もし今度があればだけど――椅子をふたつ持ってこようと思う。ひとつを力いっぱい投げ落とすという満足感を得るためだけに。いまわたしはこういう背もたれのない椅子が嫌いでしかたない。これからはバーに出かけたら立って飲むだろう。

あなたはわたしがなにをしているところか知ってるから、実況中継は勘弁してあげる。しゃがんで、しゃがんで。内側のハッチを開けて……

いまは球体のなかにいて、体を固定しようとしているところ。ちょっとばかり神経質になっていないといえば嘘になるでしょうね。一時間前にはずっといい考えに思えたんだけど。そうはいっても、男の人をデートに誘いたいときには掌《てのひら》に汗をかくし、よくあることよね。

わたしはヘルメットを手に持っている。怖《お》じ気《け》づく前に、さあかぶるわよ。いい子にしてね、おちびちゃん、ママはここに……

うわーーーっ！

くそ……ヘルメット、やめなさい！　ちょっと！　どうしたっていうのよ?!　めちゃくちゃ熱かったわ。目を開けていることもできなかった。ママはちびっちゃったじゃない！　わたしがまだしゃべっているんならこのあいだほどひどくなかったのはたしかだけど、あれはほんとにいやな……

わたしは……

まいったわね。グローブをはめてるからよくわからないけど、額の切り傷は消えてると思う。たしかに縫い目は消えてるわ。

いいわ、きっとわたしはイカれてるのね。なぜってまたかぶろうとしてるんだから。なにか自尊心に関わることは別かもしれないけど、そんなことをしてもこれがほかになにを治療できるかわからないのに。わたしはこれがなにも癒していないときにどういう働きをするのか見てみたい。

……

わお。これはほんとにすごいわ！　……はは！　どこからはじめればいいかもわからない。

かぶったとたんに黒かったバイザーが透きとおって、突然どこもかしこも見えるようになったの。つまりね、部屋のなかだけじゃなくて、あらゆる場所が見えるってこと。金属製の胴体を通して外が見える、研究室が見える。

球体とまわりの液体もまだ見えるけど、それはすべて半透明になってる。実際、外のなにかに集中すれば、昼間のようにはっきり見えるわ。内側のなにかに目をやれば、そのときは外にあるものはそれよりぼやけて見える。すべてが黄みがかった褐色を帯びて、古い写真みたい。

しばらくまわりを見まわさせてね。これはすごいわ。正真正銘のうすのろみたいに聞こえるのはわかるけど、言葉が見つからない。これ……は……なに？

ホログラム、ロボットのミニチュア——高さ三十センチくらいの——が、目の前の短い柱から投影されてる。ほんとにかわいいわ。ドクター・フランクリン、これがどんなにクールかあなたに見せられたらいいのに。つまりね、すべてのパーツが手に入ったときにそれがどんなふうに見えるかが、わたしにはわかるの。これは……この世のものとは思えない。しゃれのつもりじゃないのよ。変な脚をしてる以外には、彼女はふつうのものすごく強そうな人間の戦士に見える。頭は人間みたいだし、ひとつしかない。よかった。わたしが頭を動かすと、ホログラムも頭を動かしてる。わたしが腕を動かすと、それもまったく同じ動きをする。こちらの上半身のあらゆる動きをまねするの。もうひとつの操縦席を作動させれば、たぶん脚も同じように動かすでしょうね。

いまわたしは頭のイカれた女みたいに自分の腕を振りまわしてる。実際のロボットの腕はぴくりともしない。もし動いたら研究所にあるものを全部破壊していただろうから、それでよかったんでしょうね。でも、ホログラムが動いてもまったく問題ない。
ドクター・フランクリン、たったいま気づいたんだけど、もしこのヘルメットがわたし以外の誰のためにも作動しようとしないなら、たぶんあなたがこれをじかに体験することはまずないんでしょうね。あれだけ苦労したのに、いまわたしが見ているものをあなたは見られないんだと思うと胸が張り裂けそう。でもこれはうまくいくわ！　あなたは正しかったのよ、ドクター・フランクリン！　それにほら、待つ理由はなにもない。万事順調。ああ、そしてあなたは永遠にわたしから離れられなくなるわけね。

　腕が動かないことは心配しないで。すべてのパーツをつなげれば、たぶん作動するはず。子どもの頃に飾った、あの古いクリスマス用の豆電球みたいにね。もし小さな電球がひとつでも欠けていたら、どれも点《つ》かないでしょう。

　わたしがもうひとつの操縦席を試せたらいいのに。わかってるわ、赤ちゃんアヒルたち。わたしはひとりしかいないし、同時にふたつの操縦席にいることはできない。それでも、それが作動するとわかればいいんだけど……

ファイル番号〇四七
大学院生、ヴィンセント・クーチャーとの面談
場所：コロラド州デンバーの地下施設

——ドクター・フランクリンによると、きみは打開策を見つけたとか。

——ええ。これは言語ではないんです！

——すでにきみのいうことが理解できないのですが。

——ぼくはこの記号の意味をつきとめることができませんでした。考えれば考えるほど、自分が見当違いのことをしているとわかったんです。

——さあ、ほんとうに話が見えなくなってしまった。お願いですからなにか、なんでもかま

わないのでわたしに理解できることを話してください。

――ぼくより前にこれを見た人たちが解釈を思いつくことができなかったのは……準拠枠がなかったからです。彼らはその言語の文法を知りませんでした。語彙《ごい》がありませんでした。なにについて書かれたものかさえ知らなかったんです。彼らには比較対照できるなにかが必要でした。ロゼッタストーンはご存じですか？

――知っていますよ。

――ご存じのとおり、それは名前が示しているように石で、縦に三つの部分に分かれて文章が刻まれています。いちばん上の部分は古代エジプトのヒエログリフで記されており、石が発見された当時は誰にも理解できませんでした。真ん中に刻まれた部分は別の古代エジプト文字であるデモティックで、一番下は古代ギリシャ語です。ぼくたちは古代ギリシャ語は知っていました。ロゼッタストーンが実にすばらしいのは、三つの文章の内容がほぼ同じだということです。その内容はご存じですか？

――それは、知りませんね。

——それはデクレです。布告《デイクリー》？

——ええ。

——要するに、それは新しい王を神と定めているんです。当時は古代ギリシャ語は知られていましたから、それを出発点として、繰り返し出てくるものに着目することでヒエログリフの鍵となる要素に気づくことができました。エジプトのヒエログリフの構造を解き明かせたのは、参考となるギリシャ語版があったからです。

——だが、誰であれあのパネルに文字を書いたものは、われわれにロゼッタストーンを残してくれなかった。

——ひょっとすると残してくれたのかもしれません。論理的にいって準拠枠がなければ、これはぼくたちの手に負えないはずなんです。彼らにはそれがわかっていたでしょう。ですがもしドクター・フランクリンが正しければ、これは意図的にぼくたちに残されたものです。ですからぼくは、もしこれがロゼッタストーンなら、と考えはじめたんです。もしこれが異なる言語で記されたメッセージではなく、なにかほかのものを解釈する鍵だとしたら？　それはわれわれがすでに共通して知っていること、なにか普遍的なことについて書かれていなくてはならないでしょう。そこで閃《ひらめ》いたんです。それは言葉ではなく数学だと！

　ぼくたちはこれを記した人たちほど進歩も発達もしていないかもしれない。彼らにとっては取るに足りないように思えることが、ぼくたちには理解できないかもしれません。ですがわれわれが間違いなく確実に共通して持っているのは、数式です。どちらも数を数える必要があります。おそらく彼らはこれを、ぼくたちに理解できるほど単純に、かつ可能なかぎり多くの重要な概念を間違いなく引き出せるようにしておいたでしょう。

　例のパネルには七つの曲線的な記号があり、それぞれの真ん中には点がひとつ打たれています。それらの記号はすべて、操作盤にも見られます。それぞれの曲線の数を数えれば、1から7の数字を得られるんです。一度思いつけばあまりにわかりきったことなのに、これまで気づかなかったなんてほんとうに頭にきますよ。

――すると壁のしるしは数字の羅列だと？

――というよりは、数式に近いでしょう。そのうちのいくつかに注目すれば、直線からなる別のいくつかの記号を解釈することが充分可能です。

たとえばこれを見てください。ここに数字の2があります……。しまった！　これは右から左に読まなくてはならないという部分を飛ばしていました。すみません……。ですから、右から数字の2、未知の記号、ふたたび2、さっきとは別の未知の記号、それから数字の4。さあ、空白を埋めてください。2、なにか、2、なにか、4。

——2＋2＝4？

——ご名答。さあこれで、加算記号と等号がわかります。この最後のひとつは演算の結果のような、少し違った意味を持っているのかもしれません。正確にはわかりませんが、おおよその見当はつきます。

——待ってください。それは2×2＝4、という可能性もあるでしょう。どうしてそれがかけ算ではないと確信できるのですか？

——こんなにたくさんの数列が書かれているのはそのためですよ。この仮説を証明するのに、同じ記号が使われた数式を参照できます。ここに別の数字を使った同じ記号があります。もしこれがかけ算なら3×2＝5のように読めますが、足し算だと考えればうまくいきます。

――あの左の短い線はなんなのですか？　きみはそれを無視していますね。それはほかのもののような記号ではないのですか？

――それは間違いなく記号です。ちょうどその話をしようとしていたところだったんですよ。その垂直の線は、小さな四角で終わっているふたつの数式に注目するまでは、その垂直の線にはまったく意味がないように思えます。四角がついているふたつをのぞいて、すべての数式の最後に現れます。もしぼくの解釈が正しければ――そしてぼくはかなり自信があるんですが――このふたつは2＋1＝1、そして4×3＝10と読めます。

――だがそれでは間違って……

――そこが肝心なんだと思います。垂直の線は、その前にある等式が正しいことを、四角はそれが間違っていることを、ぼくたちに教えているんです。このふたつはもっとも重要な記号かもしれません。明らかにぼくたちはいま、正誤を表す記号を手にしているわけですが、それらは彼らが数学以外でも使った可能性のあるきわめて強力な概念です。ぼくの覚え書きを見れば、この記号がふたつとも操作盤の上に隣り合わせに記されているのがわかるでしょう。船の操縦に正誤が役に立つとは思えませんが、たぶん彼らは同じ記号をなにか同様のことを表すのに使っているんでしょう。イエスとノー、進めと止まれ……。ライアンは、たぶん続行と取り消しとか……なにかそういうことだろうと考えています。

——ミスター・ミッチェルが？　きみがこの件についてドクター・フランクリン以外の誰かと話しあっているとは知りませんでした。

——まあ、ぼくたち四人は基本的にひとつの地下壕《ごう》で生活してますからね。ぼくにはパネルが据えつけられた専用のこぢんまりした区画がありますが——なんといえばいいのか——退屈で……。だからちょっとばかりあたりを嗅ぎまわるんです。二、三度、一緒に飲みにいきました。実際には彼らが二、三度飲みに出かけたときにぼくを置いてきぼりにするのは気がひけるので、一緒にいかないかと声をかけてきたんです。報告書を提出してる関係でローズとのほうがずっと親しくなっていますが、ぼくはライアンやカーラとうろつくのが好きです。ライアンはいいやつですよ。ときどき少しキャプテン・アメリカを気取りすぎるところはありますが、だんだん好きになってくる。

カーラのことは好きです。どのみち彼女のほうは、たいしてぼくたちと打ち解けはしませんが。外部にも誰か話し相手がいるとは思えません。どうして彼女があんなふうなのか、ぼくにはわかりません。でもうまく対処しているように見えます。うわべだけかもしれませんが、もしそうだとしても彼女はうまくやってます。いずれにせよ、カーラとぼくはうまくやってるように思います。同じ種類のユーモアのセンスを持っているんです。暗い……フランス語でいうとパンス・サン・リール。

——とりすました。

——ええ。たぶん少し無表情すぎるんでしょう。ライアンはぼくたちが勿体《もったい》をつけてるだけだと思ってます。

——すると……もし間違いがあれば訂正してください。きみはあのパネルが、数学を通じて誰にしろあれを建造したものを理解するための鍵だといっているのですね。そして1から7までの数字だけでなく、加える、かける、等しい、正誤、を示す記号が見つかっていると。

——実際にはもっとたくさんわかっています。数式には引く、割る、を示す記号も含まれています。もっとも重要なのは、もしぼくの理解が正しければどんな数字でも解読できるということです。予想されるとおり、数式のなかには結果が7を超えるものがあります。彼らの数学体系は八進法のようです。彼らの数字には七つの記号と、あの点しかありません。八進法がどんなふうに機能するかはおわかりですか？

——教えてもらえますか？

——使いこなすのがひじょうに難しい——ぼくたちにとっては、ということですが——だけで、理解するのはとても簡単です。ぼくたちは十進法を使っていて——0を含めると数を表す十の記号を持っています。基本的にぼくたちが数を数えるときは9まで増えていき——1、2、3、4、5、6、7、8、9——そこで記号を使い果たしてしまいます。そこでぼくたちはひと桁増やして10を手に入れます。これは10がひとくくりで、それ以上なにも加えないという意味です。それからふたたび、九つの記号を頭から繰り返します。11、12、13といったふうに。そして19で使い果たすと、ふた桁目に1を加えて20とし、これで10のかたまりがふたつになる、といった具合です。

彼らの体系は同じように機能しますが、記号の数は少なくなります。彼らは7まで数えるとひと桁増やし、点をひとつ加えて終わります。この点は0か、もしそのほうがお好みなら、その代用のようなものと考えることができます。これは8がひとくくりで、それ以上なにも加えないという意味です。それから彼らは七つの数字を使って数えつづけます。11、12、13というふうに。いいですか、12は十二という意味ではなく八足す二という意味です。さらに数字を足していくと、ぼくたちにとってはずっとややこしいことになります。222のように表される数字の意味は、二足す八の二倍足す六十四の二倍足す五百十二の二倍で、計千百七十となります。

さて、ちょっとこれをさらに面白くするためにいうと、この数式が右から左に読むようになっていることを覚えておられますか？　ええ、だから数字もそう読むんです。

ドクター・フランクリンは操作盤はまだ作動しないといっていますから、ぼくたちにはそれがなにに使われるものかはわかりません。それがなんだとしても、すべての数字がそこにあるのですから、きっとライアンは数字を打ちこまなくてはならないはずです。それも八進法で行わなくてはならないでしょう。それが無理だというつもりはありませんが、習得するのはきわめて困難で、数字を読み取るだけでも頭のなかでかなり複雑な計算を行わなくてはなりません。少なくともキーボードに数字を打ちこむときには、書く方向は問題にならないはずですが。それでも彼らの12345は、ぼくたちの数え方では五千三百四十九です。ぼくたちの一万二千三百四十五は、彼らの30071です。

いや……とんでもない。あなたがなにを考えておられるかは表情でわかりますが、ぼくはそんなに賢くありませんよ。あなたが入ってこられる前に書き留めておいたんです。これをその場でやるなんて、想像もできませんね。

——それはわたしが聞いた話とは違いますね。彼らはきみのことを、才気にあふれた一世代にひとりの頭脳明晰《めいせき》な人物だといっていますよ。

——あいにくそれは事実じゃありません。

——謙遜《けんそん》はきみには似合いませんよ、ミスター・クーチャー。

——これまでずいぶんいろんなことをいわれてきましたが、謙虚だといわれたことはそれほどありませんね。ぼくは賢い。ほんとうに賢いんです。百人の人間と一緒にひとつの部屋に放りこまれたら、たぶん彼らのなかの九十九人よりは賢いでしょう。でもそこには必ず誰かいるんです。シカゴ大学ではぼくを出し抜けるような人たちに大勢会いました。こちらの理解さえ及ばない人たちにも何人か会いました。ぼくの英語力のせいではありません。ぼくに彼らの分野における専門知識が欠けていたとか、そういうことのせいでもなく、彼らはただ……。それはチェスをするようなものなんです。目の前の盤面しか見えないものもいれば、何手か先まで見えるものもいる。ぼくに読める手は、偉大な人たちにくらべるとふた手及ばないんです。

——ここでは自分がいちばん賢いと信じていますか？

——そうかもしれないし、そうじゃないかもしれません。ローズは間違いなく機転が利きます。アリッサはぼくたちふたりより、ＩＱが何ポイントか高いかもしれません。

——アリッサというのは？

——遺伝学者です。なぜカーラだけがヘルメットを使うことができるのかを解明するために、ローズが迎え入れたんです。社交的な人物じゃありませんが数学の天才です。もし彼女が取り組んでいれば、ぼくよりずっと早くパネルの謎を解明していたかもしれません。あなたがぼくになにをいわせたいのか、よくわかりませんね。ぼくがあなたより賢いと思っているか、ということですか？　あなたが尋ねておられるのはそういうことなんですか？

——そうなのですか？

——間違いなく。あなたのことをばかだと思っているという意味ではありませんが、もし否定すれば嘘をついていることになるでしょう。

――もっともですね。わたしの経験では、知的に優れた人たちは失敗に対応するのが苦手な傾向があります。きみはかつて、自分がうまくやれないかもしれないと思ったことはありますか？

――たぶんあなたが尋ねておられるのは、ぼくがかつて自分自身を疑ったことがあるかということでしょう。いいえ、ありません。ですが、これをけっして解読できない可能性は、常にかなりありました。ぼくにはそれがわかっていました。ローズにはそれがわかっていました。ぼくたちには深刻な失望に対する心の準備は必要なかった、ということです。

――それはどういう意味でしょう？

――つまり大きな賭《かけ》という程度の言葉では、とてもこの状況を言い表せないということですよ。ぼくは自分たちがほんとうにここまでたどりついたことに驚いています。もしぼくたちが脚の制御装置を作動させることができれば、もしパイロットが彼女を倒さずに動かせれば、そしてもしぼくたちが操作盤の使い方を解明できれば、彼女を利用することができるかもしれません。もちろん、ほかのパーツが全部見つかれば――この惑星は広いですし――の話ですが。

パーツがすべて手に入っても、彼女がぴくりとも動こうとしない可能性も充分あります。ほら、壊れているかもしれないでしょう。それに、そう、王様の馬と王様の家来がみんなでかかっても……

——……

——ハンプティ・ダンプティでしたっけ？　ぼくは物事とはそんなものだと思っているんです。いまもいっているとおり、あれは土のなかに埋まっています。ぼくたちみんなが期待しているものとくらべると、少々ロマンに欠ける理由かもしれませんが……。

ファイル番号〇九二
アメリカ陸軍二等准尉、ライアン・ミッチェルとの面談
場所：ワシントン州、ルイス・マッコード合同基地

――なにもありませんでした。

――わたしが聞いた話とは違いますね。

――あなたはなにを……？　自分にはわかりません。どうやってあなたが……？

――このプロジェクトにおいて、われわれには各自の役目があるのですよ、ミスター・ミッチェル。ドクター・フランクリンはこの任務における科学的側面すべての責任者です。きみはパイロット。わたしの務めは物事を知ることです。

――あなたがなにをいわせたいのかわかりません。

――わたしが尋ねたのはとても単純なことです。なにがあったのですか？

――自分たちは一度、キスを……

――ミスター・ミッチェル。こうすればわれわれふたりにとって、特にきみにとって、ことはより簡単になるでしょう。もしこの会話において、きみがわたしを救いがたい間抜け扱いする部分をなしですますことができれば……

――わかりました、キスをしただけじゃありませんが、ロシアかどこかに亡命するというような話じゃありません。陸軍が心配するようなことはなにもないと思います。

――きみはすぐ忘れてしまいますね。わたしは陸軍の人間ではないし、彼らの行動規範にも関心はありません。きみたちのどちらかが軍法会議にかけられるのを見ることに興味はないのです。しかし尋ねることには飽きてくるでしょう。いいからなにがあったのかわたしに話すんです。

――そうですね、自分たちはもう五カ月間、朝から晩までふたりきりでことにあたっています。しばらくたつと最後には殺しあうか、それともより親密になるかで、ほんとうにその中間はないんです。自分たちがどんな時間を過ごしたかですか？　あの球体のなかで一日十二時間一緒にいて？　それも一週間に六日か七日。詳しいことをお話ししても無意味に思えますが、自分があとの十二時間も彼女のことを考えはじめるのに長くはかからなかった、とだけいっておきましょう。

ですがカーラはカーラです。だからこちらが近づこうとするたびに身を引いて、三日間よそよそしい態度を取りました。自分は同じ空間のなかで可能なかぎり、彼女と少し距離を置こうとしました。ほんとうにきついものですよ。口を滑らせて個人的領域に踏みこまないように気をつけながら、誰かと会話をするような時間を過ごすのは。

しばらくすると自分は、仕事と関係ないどんな話題に触れてもそのたびに階級と姓で呼ばれることに飽き飽きしてきました。彼女の心を刺激する話題がどれだけたくさんあるか知ったら、びっくりしますよ。いまだになにがあったのかわかりませんが、どうやら家族や子ども、人間関係に関することは、なんでも彼女の怒りを買うようです。つまり、実際試してみたんですが、猫が話題になるといらいらする人間は誰でも、なにかしら深刻な感情的問題を抱えているものです。

数週間がたちました。自分はただ口を閉じて、あの大きな女の子を歩かせることに集中しました。ふたりでいくつかのことを試しましたが、自分たちのコンピューター・モデルは毎回、最後には顔から倒れてしまいました。最初のうちはあまりにしょっちゅうそうなるので、もし現実にそうなれば十軒を超える家を破壊してしまうことになるのだと自分自身に言い聞かせなくてはなりませんでした。結局わかったのは、たとえ自分が脚を正しく動かしてもバランスを保つためにはまだ、カーラが同時に腕と胴体を動かさなくてはならないということです。向きを変えるのはさらに複雑です。

自分はすべての動きを声に出して——左膝を上げ、脚を前に出し、左足を下ろす——いうようになりました。カーラが適切なタイミングで体重を移動させられるようにするためです。一カ月ほどたつと、カーラはこちらの体の動きを読んで予想するようになってきました。左脚を持ち上げる前には肩を動かす、といった具合に。自分も彼女を読むのがかなりうまくなりました。操作盤に背を向けているので、一日中彼女を見て過ごしました。夜明けから日没までそうしていると、歩くような単純なことにもほんとうに相手が必要だということが自然に感じられてきます。自分が本物の脚で歩くときでさえ腕の動きを止めることに、カーラは気づきました。そのせいでターミネーターみたいに見えると……。アーノルドじゃなくて、液体のほうの。

——それは、きみたちが彼女を歩かせるのは可能だという意味ですか？

――いいえ、そうでもありません。たとえカーラがバランスを取るのを手伝ってくれていても、自分の脚の関節がひとつ足りないことに変わりはありません。太腿《ふともも》を完全に正しく動かすのは無理なように思えます。彼女の腰と事実上の膝のあいだにある太腿は、ほんとうに短いんです。自分にはそんなものはありません。自分の脚はその真下の装具につながっています。自然な動きを引き出すためには一歩ごとに全身を勢いよく押し上げる必要があり、そんなことを何歩も続けるのはほんとうにきついんです。

ですが進歩はしています。ひょっとしたらカーラが少し心を開いてくれたのは、そのせいかもしれません。もしかしたら仕事でいっそう長い時間を一緒に過ごすようになりはじめたからかもしれません。とにかくある晩、カーラに飲みに誘われました。初めてのことではありませんでしたが、いつもはドクター・フランクリンかヴィンセントに必ずついてこさせていました。飲みにいくのはたいてい、Bゲートの飛行士用のラウンジです。ターミナルのなかの出口を使えば警備に止められずにすむので便利ですし、ドクター・フランクリンは煙草《たばこ》を吸えますから。ほんとうはそれほど吸うわけじゃありませんが、飲むと一本つけるのが好きなんです。ほとんどはじっと見つめています。とにかくそこは十時半に閉まるので、自分たちは遅くまで開いている本物の店まで車で出かけました。少々怪しげなバーでしたが、近頃はふつうの人たちがいくような店はどこもかなり特別に感じられます。

神経過敏になっていたのか、ほんとうに疲れていただけなのかはわかりませんが、自分は酔っ払いました。べろべろに。バーボンを一杯、もう一杯、ビールを一杯。どのみちスコッチを置いていたとは思いません。しゃべりはじめたとき、自分は二巡目に入っていました。カーラは基本的にひと晩中、自分が彼女への思いをさらけ出すのをただ聞いていました。自分はまだ彼女に夢中でしたから、そんなみっともないことをしたんです。そう、「ぼくはきみのことを考えるのをやめられないっていうのに、きみみたいに冷たい人にはいままで会ったことがない」――といった具合に。カーラはただそこに座って聞いてました。こちらのいうことが少し支離滅裂になると、彼女の車に自分を引きずっていって、一言もいわずに部屋まで送ってくれました。

次の日は石の下に隠れたい気分でした。なににもまして、この件で彼女にどんなひどい目に遭わされるかと様子をうかがっていたんです。カーラはそうしませんでした。自分たちはいつもの日課をこなしただけでした。実のところ、彼女はかなり友好的でした。次の日も、そのまた次の日も、なにも起こりませんでした。一週間がたち、カーラはなにもなかったふりをするのがいちばんだと判断したのだと思いこみました。自分はまだかなりきまりが悪くて、それに同意する気になっていたんです。

一週間後、部屋を出ようとしていた自分をカーラが呼び止めて、まだ一緒にほんとうのディナーに出かけたいかと尋ねました。自分はどうしようか考えているふりをしてみせてから、そうしたいと答えました。自分は日曜に彼女を迎えにいくことになっていました。家で出かける用意をしていたときに、彼女から取りやめにしようという電話がありました。「やっぱりいい考えじゃないわ、わたしたちは一緒に働いてるんだし」とかなんとか。

自分は腹を立てるべきでしたが、誘ってきたのが向こうだったのでおかしいような微妙な気分になりました。この彼女とのダンスがもう一巡したあと、自分はついにやりました。夜の自由時間にいきなりカーラの家に立ち寄って、急いで支度をするようにいったんです。彼女は文句をいいませんでした。きっと以前の自分よりも自信にあふれて見えたはずです。

コーヒーを勧められましたが、自分は車で待つといいました。コーヒーを断ったのは失敗でした。たっぷり三十分は外で待たされたんですから。ラジオのチャンネルを次々に替えていると、カーラが出てくるのが見えました。わお！　そうとしかいえません。もしそこが彼女の家でなかったら、はたして気づいていたかどうか。カーラはぴったりした赤いミニのドレスにハイヒールを履いて、飾りをつけていました。そんな格好をしていると彼女の脚は……

――いっそう長く見えた？

――ええ。自分が期待していたのはもっと……。とにかく、カーラは髪になにかしていました。それが……なんなのか、自分にはわかりませんでしたが。化粧までしてたんです。すべてがまったく彼女らしくありませんでしたが、ほんとうに最高だった。明らかにふだんのカーラとは少し違う雰囲気でした。いつもの大胆な雰囲気からは程遠い感じで。彼女は素敵で……無防備に見えました。

——それが気に入ったのですか？

——彼女が無防備に感じられたことがですか？　どうでしょう。そうかもしれません。

——それを認めてもなんら恥じることはありませんよ。

——もしあなたがいわれているのがそういう意味なら、ぼくは相手をか弱い存在になったような気分にさせて悦に入ることはありません。なんというか、自分が彼女にある種の影響を及ぼしていることは気に入りましたよ。いつもあんなふうでいてほしいとは思いません。彼女ははねっかえりだ。それがカーラです。それでも、それは特別でした。あなたにどう説明すればいいのかわかりません。自分の頭には彼女と過ごすことしかないんです。なにをいっているかわかりますか？　一日十二時間、狭い空間で彼女とふたりきりで過ごして、それでも……なんというか……まだ足りない。無性に煙草を吸いたいと思うのと似ていて、ひと箱吸ってもまだ吸いたくてたまらないんです。

――きみは煙草を吸いはじめたのですか？

――いいえ。いまのはただの言葉の綾です。もっといいたとえを思いつかなかったんですよ。自分はどうにか彼女に近づいている、彼女が受け入れてくれている、と感じたい。あの晩、しばらくのあいだそれが叶ったんです。いい気分でした。

――なるほど。きみたちの夜はどうなったのですか？

――自分はカーラをブラジルのステーキハウスに連れていきました。予算は少しオーバーしましたが、彼女と腕を組んであそこに入っていけただけでもその価値はありました。自分たちはほんとうに素敵な食事をしました。ステーキがお好きかどうかわかりませんが、もしそうならいつかあの店を試してみられるべきです。

――ステーキは好きですし、いってみるかもしれません。続けてください。

——今回自分は間違いなく素面《しらふ》でいるよう気をつけました。彼女のほうは違いました。あのご婦人は赤ワインが好きなんです。二本目のボトルを半分くらい空けると、カーラは話しはじめました。いかに彼女の母親が、娘のつきあっている男たちをけっして認めようとしなかったか。いかに母親がいつも正しかったか。確信はありませんが彼女がぽろっと口にしたことから、きっと一度結婚したことがあるのだろうと思いました。

——それはありませんね。それだけはいえますよ。

——自分の勘違いだったのかもしれません。なにがあったにせよ、そこに多くの痛みが関わっているのはわかりました。

夕食のあと、自分は車でカーラを送っていきました。ドアを開けてやるために車を降りようとしたとき、彼女が自分の腕をつかみました。そしてシートベルトを外し、膝に飛び乗ってきたんです。気がついてみると自分のシートは倒され、シャツを脱がされているところでした。

——それは一度のキスどころではないように聞こえますね。

——そうかもしれません。でもそのキスは、カーラがほんとうに自分と一緒にいると感じた唯一の部分なんです。そのあとのことが自分にとって重要だったとは思いません。なんというか、それは冷たくけんか腰のセックスでした。彼女は誰かに復讐《ふくしゅう》しているような感じがしました。ばかみたいに聞こえるでしょうが、彼女が誰のことを考えていたにせよ、自分はその相手に嫉妬しました。そのとき相手の男は、明らかにカーラにとって自分がしていることより大きな意味を持っていたんです。とにかく彼女はかなり早くすませました。それから一言もいわずに車を降りました。それだけです。これは一週間前のことで、自分たちはそれ以来そのことについて話していません。

——きみは話したいのですか？

——自分たちがどういう関係になっているのか、知りたいとは思います。あれがワインのせいだけだったのなら、自分はなんとか対処できるでしょう。でも彼女は面倒を見てくれる誰かを必要としていたと思うんです。自分がこの世で最高の男だとか、そんなふうには思いませんが、彼女にとっていい相手だと思います。

——無遠慮なことをいう気はありませんが、少し助言をさせてもらえるなら、ミズ・レズニックは多くのことを必要としています。私見によれば、「面倒を見てくれる誰か」は、そのなかには入っていませんが。

――わかってます。わかってますよ。信じてください。これは鬼ごっこ《キャット・アンド・マウス》みたいなもの、それとも、ニワトリが先か卵が先かでしたっけ？　自分が強く言い寄りすぎるから、彼女はしりごみする。彼女がすり抜けていくのを感じるから、自分はいっそう強く言い寄る。

――「鬼ごっこ」のたとえは、暗に追いかけるのを楽しんでいることを意味します。「ニワトリか卵か」というのは、因果関係のジレンマを指すものです。きみがいおうとしていたのは後者のような状況でしょう。

――自分がいいたかったのはそれです。

――なるほど。残念ながらそれは、事実の精確な解釈ではありませんね。きみが述べる状況は実際、フィードバックループを介してそれ自体を強化するものです。しかしながらその表現は、一次的原因を究明するのが不可能であることを示唆している。今回の場合、それは可能です。

——つまり原因は自分だと?

——そのとおり。きみのところにくるかどうかは彼女に任せるんです。

ファイル番号〇九三

任務報告――一掃作戦

アメリカ陸軍輸送特技兵、ディラン・ロドリゲス先任曹長

任務は成功した。味方に死傷者は出ていない。

われわれはカザフスタンのセメイに近い放棄されたロシア空軍の基地を拠点として利用した。三日にわたってシベリア東部の上空に無人機を飛ばしていたとき、ドローンの一機がトゥヴァでなにかをとらえた。シジムと呼ばれる町のすぐ東にあたる辺鄙《へんぴ》な場所だ。そこはかなり荒れはてた土地で、カー・ヘム川沿いの緑の谷を岩だらけの丘が囲んでいた。ほんとうになにもない地域なので、誰かが現れるまでには少し時間があると思われるのは、いい知らせだった。悪い知らせは、輸送がより困難になるだろうということだ。

ふたりのカザフ人をヘリに同乗させた。われわれは彼らをキズィルの近くで降ろしたかった。だが彼らによれば、そこで充分な大きさのトラックを手に入れられる保証はないが、アバカンの近くに知っているところがあるという話だった。それは五時間よけいに待つことを意味した

が、より安全な賭のように思えた。夜間飛行をして彼らをハカス共和国に降ろしてから、シジムへ向かった。われわれはクレーターに接近していた。そのまわりでなにかの光が明滅していた。数秒して、自分たちが銃撃されていることに気づいた。

一・五キロメートルほど離れたところでヘリから降ろされ、われわれは徒歩で引き返した。なにが起こっているのかをよりよく理解するため、夜明けを待った。その結果わかったのは、人工遺物が大麻畑をひっくり返してしまったということだった。畑の周辺を農民たちが走りまわり、なかにはAK47自動小銃を持っているものもいた。彼らは自分たちの作物が失われてしまうことのほうが気がかりで、それがなんであれ畑を破壊したものにはそこまでの関心はないようだった。

輸送手段は六時間ほど離れた場所にあり、オルティス軍曹はトゥヴァ人と接触する決心をした。われわれはカザフ人を同行していなかったが、オルティスはロシア語を少し話せる。彼らはこちらの銃に気づいたのか、ひょっとしたら軍曹のなまりのせいかもしれないが、二分ほどで自分たちのAKを下ろした。彼らがしゃべっていることのなかで、ひとつの単語が聞き取れた。アメリカーニェツ！　アメリカーニェツ！　彼らがトゥヴァにいるアメリカ人をどう思っているのかは知らないが、たしかにわれわれがロシア人ではないことを喜んでいるようだった。トゥヴァ人のひとりが助けを呼ぶために村に戻った。そして十人あまりの男たちを連れて戻ってきた。われわれの隊の十一人と合わせると、四十人ほどの有能な働き手がいたことになる。

彼らは人工遺物を掘り出してロープをかけるのに手を貸してくれた。それには一時間かかった。それからわれわれは彼らと一緒に腰を下ろし、トラックを待った。ロシア軍らしきものが現れたのはそのときだった。それはふたりの男を乗せた小型のトラックだった。強いて推測するなら、彼らは大麻の取引現場に踏みこんで、安値で手に入れてやろうとでもいうつもりだったのだろう。とにかくわれわれはできるかぎりすばやく遺物の陰に身を隠した。ロシア人たちがトラックから降りてきて、わめきはじめた。トゥヴァ人のひとりが笑顔で彼らに近づくと、拳銃を抜いて至近距離からふたりの頭に弾を撃ちこんだ。

二十分後にカザフ人たちがトラックで現れた。遺物を積みこむのにおよそ九十分、それからロシア人たちを埋めて彼らのトラックを処分するのにさらに九十分かかった。カザフ人たちがハカスへの道には検問所がいくつかあるというので、われわれはM54トラックで南へ向かい、モンゴルから空路を取ることにした。われわれは国境で仲介役と落ちあい、C-17でアフガニスタンへ飛んだ。

――報告終了――

ファイル番号〇九四
安全保障担当大統領補佐官、ロバート・ウッドハルとの面談
場所：ワシントンDC、ホワイトハウス

──これは古い車を修理するのとは少々勝手が違うのですよ、ロバート。彼らはそのうちやり遂げるでしょう。

──そうだといいんだがね。きみは巨大な文鎮のために第三次世界大戦を引き起こした愚か者として、歴史に名を残したくはないだろう。

──あなたはほんとうに芝居がかった言い回しをする才能をお持ちだ。

──そうでもないさ。いままでのところきみは、その点でいい仕事をしているからな。独力で見事に冷戦を再開してしまった。

——それで正確なところ、どうやってわたしが自分ひとりでそんなことをやってのけたと?

——きみのドローンがつい最近、トゥヴァと呼ばれる土地でとても大きな手を発見した。

——知っています。

——それは手が見つかったことを知っているという意味か、それともトゥヴァという土地があることか?

——トゥヴァはシベリア南部の小さな共和国です。手のことも知っていました。そのことがあなたのお耳に入っていたとは知りませんでしたが。

——まあ、なにしろきみは自分のささやかなお気に入りのプロジェクトに、米軍を使っているからな。もし国際問題が発生したときに彼らがわれわれに報告しても、驚かないでくれ。それにトゥヴァの件はよくやってくれた。おかげでわたしは……

――わたしがあなたの悲観主義を共有していないとすれば申し訳ありませんが、任務は成功しました。わがほうはいっさい人命を失うことなく手を回収しましたし、理屈からいってトゥヴァ人はロシア人になにも話さないはずです。なにが問題なのかわかりかねますが。

――問題はそこだよ。彼らは話す必要がない。ロシア人は知っているんだ。

――彼らがなにを知っていると？

――なにもかもだ。ごく細部にいたるまですべて知っている。今朝ロシア大使がわたしに再現してくれたよ。なまりはあったが、ロドリゲス先任曹長にそっくりの口調でな。手が現れたとき、付近に彼らの飛行機が一機いたのだ。それは数キロメートル北に墜落した。きみの部下が到着する一時間ほど前、ロシアの衛星が現場の上空にきた。大使はビデオまで見せてくれたよ。ふたりのロシア人将校が撃たれた場面は、テレビで見るよりはるかに劇的だったね。

――当然彼らは喜んでいないでしょうね。

――それは世紀の婉曲《えんきょく》表現だな。わたしにはどこからはじめたものかさえわからんね。モンゴルはわれわれのせいで問い詰められて頭にきている。ロシアは彼らの玄関先までずっと、きみたちのトラックを追跡したんだ。モスクワが公式の謝罪を要求しているが、われわれは断固としてこの件にはどのような形でも関わっていないと主張しているから、それが得られないことは明白だ。また彼らはその物体が写った衛星写真を持っているから、どんなものかを知っている。前腕やふくらはぎのような目立たない部位であれば、きみがトルコでやったように話をでっちあげるのはもっと簡単だっただろう。だが手となると、そう、それは千キロメートル上空からでさえ、大きな手のように見えるんだ。

もうわかっているだろうが、連中は可能なかぎりトゥヴァ人をとらえて拷問しているから、いまではより多くのことを知っているだろう。われわれが隠密作戦に地元の人間を雇っているのには理由がある。いわゆるもっともらしい否定論拠にするためだ。きみはいまいましいプエルトリコ人の一団にM16を持たせて、シベリアでの任務に送りこんだわけだ。要するに連中は、必ずしもうまく溶けこんでいなかったのだよ。

——われわれには世界中のあらゆる場所で数時間のうちに新しいチームを招集することはできません。そのうえ傭兵《ようへい》を参加させることは、重要な安全保障上のリスクを招くことになるでしょう。われわれは傭兵を金で雇います。傭兵は簡単に金で動く。傭兵とはそういうものです。

――まあ、いまのところロシアは、われわれが古代の礼拝所かなにかを発見したのだと思っているし、それはけっこうなことだ。だが、いま米軍が古代遺跡の略奪稼業に関わっているわけを、いったいどう説明すればいい？

――その必要はありません。

――なんだと？

――説明です。あなたがたはなにも認めないし、なにも説明しない。だが彼らになにかくれてやるんです。

――なにをやれというんだ？

――なんでもかまいません。連中が大きな手よりもほしがるなにかです。それほど難しいことではないとおわかりになるはずですよ。どこかのミサイル基地を撤去するんです。ポーランドからパトリオットミサイルをどけてやれば、おそらく彼らは気に入ってくれるでしょう。しばらくは神経を逆なでするようなことをしてくるでしょうが、事態を――だじゃれになってしまいますが——手に負えないような段階まで進めるつもりはまったくないはずです。もしあなたがたが逃げ道を与えてやれば。

——どういうわけかわたしには、きみのつまらんゲームを続けられるようにするためだけに、大統領が東ヨーロッパでのわれわれの立場を危うくすることに乗り気になるとは思えんのだがね。

——よろしいですか、あなたもわたしと同様にそうした基地のほとんどがただのお飾りだということをご存じだ。小さな国々を少し強くなった気にさせるために考案された案山子《かかし》です。ロシアになにか、政治的に長々と語ることができる材料を与えておやりなさい。彼らは勝利を手にし、みなが機嫌よくうちに帰るでしょう。

——われわれ双方のために、次のパーツが現れるのがフランスやオーストラリア、どこであれロシア語が通じない土地であることを祈るばかりだよ。

今朝わたしは大統領とも興味深い会話をした。もしあのロボットを作動させたら、それを使ってきみがなにをするつもりかを、彼は知りたがっている。これまではずっと、ロボットの研究により進んだ技術が手に入ると説明していたな。だがいまのところきみの部下は、役に立ちそうなものをなにひとつ逆行分析できないのはもちろん、修理することさえできない状況だ。もしそれができなければ、われわれは二十階建てのビルほどの大きさのロボットでなにをすればいい？　他国から質問を受けずにそれを使うことはできないし、地下室に永遠に隠しておいても意味はないぞ。

——外に出してやればどうでしょう。ワシントンのコンスティテューション・アベニューを行進させるんです。彼女にはなにができるんだろう、とみなに思わせる。もしもっと大きな抑止力がほしければ、辺鄙な場所で相手を全滅させる無意味な戦争を見つけることです。ドクター・フランクリンがいうには、従来型の兵器では彼女にはひっかき傷ひとつつけられないだろうとのことです。きっと彼女なら独力でクウェートからイラクを追い出せたことでしょう。こんなものを放棄するとおっしゃるつもりですか？　申し上げておきますが、これにはモスクワとつまらない口げんかをするだけの価値はありますよ。

——ことによるとな。わたしはまだ、あのロボットがきみのいうとおりのものだと確信してはいないのだ。ついでに尋ねておきたいのだが、そのレズニックという娘以外の誰かに操縦できるようにする件については、どうなっているんだね？

――われわれは……

――なんだね?

――どうしてそんなことを?

――ただの質問だよ。

――そうは思えません。なにを隠しておられるのですか?

――いいだろう。わたしはきみのチームの誰かからメールを受け取ったのだ。アリッサ……なんとかいう。

――ミズ・パパントヌ。遺伝学者です。

――そう、ミズ・パポヌだ。

――パパン……

――なんでもいい。彼女の考えでは、われわれはこのように重要なものをきみのところのあのパイロットに任せておくわけにはいかないというんだ。気まぐれすぎるといっている。

――彼女がいっているのはそれだけですか？

――いいや。あのパイロットを研究することは優先事項であるべきなのに、ドクター・フランクリンが必要な設備と人員を与えようとしないといっている。きみがそれについてなにもしてくれない、ともな。

――それであなたの考えは？

――きみは叛乱《はんらん》らしきものを抱えているようだし、そのことはわたしにとってこれっぽっちも安心材料にはならんね。

――わたしにとっては腹立たしく思う程度のことですよ。ですがもしそれであなたの気分がましになるのなら、優先順位をつけるのはお任せしましょう。われわれの手もとにあるのは完全なロボットではありません。われわれには動かせないものです。もし失われているパーツが見つかったとしても、それは動くかもしれないし、動かないかもしれない。現時点では操縦用のヘルメットのひとつは誰がかぶっても作動しません。機能しないほうのヘルメットが取りつけられている操縦席は異なる解剖学的構造を持った生き物のために設計されており、われわれにはそれを操作することもできません。われわれの手もとにあるのは機能するヘルメットがひとつ、実際に使うことができる操縦席がひとつ、そしてヘルメットと操縦席の両方を使うことができるパイロットがひとり。さあ、ロバート、われわれはどこに労力を集中させましょうか？ 賢明な選択をしてください。

——いやいや、それはきみの腕の見せどころだろう。わたしがいいたいのは、とにかく部下をもっとうまく管理するべきだということだよ。しかし、たとえいまはそれに取り組む必要はないとしても……そのアリッサとかいう人物は鋭いところを突いている。そのレズニック嬢が年を取りすぎたら、われわれはどうするんだ？ いまから一週間後に彼女がトラックにひかれたらしゃれにならんぞ。もし彼女がある朝目を覚まして、もうこんなことはやりたくないと考えたら？ 仮にそれが自分の価値観に反すると判断したら。妊娠して、もう自分の命を危険にさらしたくないと望んだら。そのときわれわれはどうするんだ？

――わたしを信じてください。彼女はそんなことにはなりません。彼らのうちの誰ひとり。信条のためにはいうまでもなく、世界中の金を積まれても、彼らはあきらめようとはしないでしょう。われわれにはあれを分析するのに、あと数年はあります。誰かほかのものが使えるようにする方法は見つかるでしょう。彼女の子どもたちが操作できる可能性は常にあるのです。

――きみはパイロットを繁殖させたいというのか？　もしわたしがきみの提案を大統領に伝えなくても、勘弁してくれるだろうな。

――そんなことになるとは思っていませんが、なぜいけないのです？　彼らを繁殖させる。クローンをつくる。ミズ・パパントヌは間違いなく反対しないでしょう。いまから二十年後にわれわれになにができるようになっているかは、誰にもわかりません。とにかく現大統領はその決断が必要になる頃には、とうにこの世を去っているでしょう。このロボットはあなたやわたしが墓に入ったずっとあともまだ、先進的な兵器だと思いますよ。

――わたしはきみのように楽観主義にはなれないね。今度のことすべてにひどく震えあがっているんだ。なにもかも急にだめになってしまうんじゃないかと思わずにはいられない。

――スーパーヒーローはお好きですか？

――よしてくれ、いまはたとえ話をしている気分じゃない。

――まあそういわずに。あなたのお気に入りのスーパーヒーローは誰でしょう？

――さあね。スーパーマンか。いや、ハルクだ。

――いいでしょう、――さあ、一分間想像してください――ハルクに変身していないときは、彼はなんと呼ばれているのですか？

――わたしが知るわけがないだろう。十二歳の子どもじゃないんだぞ！　いやちょっと待て……。リサ、怒りに駆られるとハルクに変身する男の名前はなんだったかな？……彼女は知らない。……スーパーマンならどうだ？　……スーパーマンはクラーク・ケント。……ありがとう、リサ。

——想像してください、ある日そのクラーク・ケントがあなたのオフィスに入ってきて、アメリカのために戦おうと申し出る。あなたは超音速ジェット戦闘機より速く飛ぶことができる、超人的な力を持った不死身に近い兵士を採用する機会を与えられている。それをあなたは、ミスター・……

——ケントだ。

——ミスター・ケントがいつか病気になるかもしれないからという理由で断りますか？

——それだけか？　それがきみのいいたいことか？　わたしにいえるのはこうだ。もしミスター・ケントの体を構成するパーツを地図上のいたるところから回収するために、十を超える国に侵攻することからはじめなくてはならないとしたら、たしかに断ることを考えるだろう。

ファイル番号一一八

アメリカ陸軍三等准尉、カーラ・レズニックとの面談

場所：コロラド州デンバーの地下施設

——ええ、彼と寝ましたよ！　これで満足ですか？

——わたしがいっているのは彼のことではありません。

——だったら、いったいどっちのことをいってるんです？　留置場にいるほうですか、それとも病院にいるほうですか？　どっちとも寝たんだから、自由に選んでください。わたしは誰とでも寝る。そういう女だというだけのことです。

——そう身構える必要はありません。わたしは少しもあなたを責めているわけではない。なにがあったのかを知りたいだけです。

——わたしを責めているわけではない？　ああ、ほっとした！　どんどん話を進めてもらってかまいませんよ。これは見解の相違なんかじゃないんです。全部わたしのせいだってことはわかってます。ほんとうにわかってるんです。

——まずはミスター・ミッチェルとのあいだになにがあったのかを話すところから、はじめてくれればいい。

——なにを話せばいいのかわかりません。わたしたちはほんとうに長い時間を一緒に過ごしました。彼は思いやりがあります。わたしは思いやりのある男に慣れていません。男のことになると、毎回まずい選択をしてきましたから。ライアン、彼は……いいやつです。正しい相手を選ぶのはわたしに任せてください。そして、相変わらず勘違いするのも。自分に合わないのはいいたいのは、わたしはそんなにばかじゃなかったということです。自分に合わないのはわかってました。ただ彼に……根負けしただけで。わたしは降参して、翌朝目を覚ましたらすべての痛みが、すべての自己不信が消えてなくなっていることを期待してた。でも、もちろんまったく同じように感じました。誰かと車のなかで寝たからといって、生涯にわたる過ちの数々をなかったことにはできません。たとえ相手がどんなに思いやりのある男でもね。やってみようとはしたんです。誓って。

——車のなかでセックスをしたあとで、また彼に会いましたか？

——セックスをしたんじゃありません。わたしが彼に飛び乗ったんです。わたしは飲み過ぎていました。あれは……

——自滅的な行動だった？

——「わたしらしい行動」といおうとしてたんですが、そういってもらってもかまいません。最悪なのは、ライアンにそれを知られてしまったことです。知られなければいいと願っていましたが、彼にはわかってしまった。ひどい気分でした。ええ、わたしたちはそれから二度、一緒に出かけました。彼はわたしの最悪の面を見て、それでもそばにいてくれるんだと思いました。だったらわたしも、せめて本気でやってみるのが当然でしょう。ほら、みんなそうしているんだから。そうでしょう？　みんな自分のことを批判するんじゃなくてお姫様みたいに扱ってくれる、まずまずの美男子を見つける。そして自分がどんなに幸運かに気づいて、けっして放さない。それでうまくいくことになっているんでしょう？

——なにか気の利いたことをいえるといいのですが。悲しいかな、わたしは恋愛という芸術形態を習得してこなかったのですよ。あなたは関係を築こうとして失敗してきたかもしれないが、それでもこの部屋のなかでは専門家だ。ミスター・ミッチェルに関して、なにか不快に感じることはありますか？

——いいえ！　まったく！　なにもありません。もし完璧な男というものを、わたしが誰かに期待しているすべての性質を言葉で表すことができるなら、ライアンからそれほど遠くないものになるはずです。ときどき少ししつこいことはありますが、全体的に見れば一緒にいるにはとてもいい相手です。わたしを見る彼の目つきが気に入っています。彼の目を通して自分を見るのが好きなんです。どうなんでしょうね。ひょっとしたらわたしが耐えられないのは、自分自身なのかもしれません。もしかしてわたしが彼に与える影響が、わたしがそばにいると彼が自分を見失う様子がいやなのかもしれない。

——彼にあまり注意を向けられないほうがいいと？

——わたしは……わたしたちは毎日ずっと、寝室くらいの空間でふたりきりで過ごしています。彼が注意を向けられる相手はほかに誰もいません。うまく言葉にできないんですが。わたしは……あらゆることが自分に関わっているような感じがしなければいいのに、と思います。その一方でたぶん、もしそうなれば彼のことをよそよそしすぎると思うでしょう。ひょっとしたらわたしは、たんに頭がおかしいだけなのかもしれません。

——また彼と寝たのですか?

——それがほんとうに問題ですか? わたしはうまくやろうとしました。心の底では無理だろうとわかっていましたが、やってみたんです。ほんとうに、けっしてあきらめませんでした。わたしはまだ努力を続けていた。そのとき思いもよらないことが起こったんです。

——それはどういう意味でしょう?

——世界の終わり。空から星が降ってきた。

ライアンとわたしはほとんどの時間を球体のなかでふたりきりで過ごしていますが、ときどき誰かがちょっとのあいだ上がってくることがあるんです。技術者がよく装置の確認に上がってきます。ドクター・フランクリンは一日一回、ちょっと声をかけるために上がってくるのを楽しんでいます。ほかの人たちの顔を見るのはいつも、わたしたちにとってかなり嬉しいことです。いちばん頻繁にやってくるのはヴィンセントです。彼は一日二回、操作盤を見るために球体に入ってきます。わたしたちはたいてい、ひと息入れておしゃべりをします。

――どんな話を？

――ありとあらゆることです。仕事、スポーツ、天気。あのときヴィンセントはあそこで、わたしたちに数字を表す記号についてひと通り説明してくれました。あの数字がどう働くのか、彼から聞かれましたか？　どうかしてますよ。わたしの頭ではお手上げです。とにかくそれは遅い時間でした。三人ともほんとうに疲れていて、わたしたちは冗談を飛ばし、ヴィンセントに制御の具合を見せはじめました。ライアンがロボットにムーンウォークをさせ、わたしは自分の操縦席でディスコダンスの動きをさせていました。みんなでそれを、コンピューターのスクリーンで見ていたんです。ほんとうにいい時間を過ごしていました。ヘルメットはそこに置いてありました。わたしたちはひどく笑い転げていて、彼がそれに手をのばしたのに気づきもしませんでした。

――誰がですか？　ミスター・クーチャー？

——ええ。彼はそれをかぶりました。それからがくりと両膝をつき、悲鳴をあげました。すべてがスローモーションで起こっていました。わたしたちはただそこに突っ立っていました。ライアンがこちらを見て、ふたりともいまなにが起こったのかを悟ったんです。わたしたちはなにもかもが変わったことを悟りました。永遠にも思える時間が過ぎたあとでわたしたちは装具から抜け出し、ヴィンセントを助け起こして球体から出ました。ドクター・フランクリンはずっと尋ねていました。なにがあったの？　なにがあったの？　わたしたちはどちらも口をきくことができませんでした。

——なにがあったのですか？

——ライアンがはじき出された。そういうことです。彼がやったあらゆること、取り組んできたすべてのことが水の泡になってしまった。あっけなく。戦闘で死んだ兵士は見たことがありますが、一瞬にしてなにもかも失い、その喪失を抱えて生きていかねばならない誰かを見たのはそれが初めてでした。まさにその瞬間に彼を腕に抱いて、なにもかも大丈夫だからといってやれたらよかったんですが、ヴィンセントを介抱しなくてはなりませんでした。

——ヘルメットがヴィンセントのためには作動し、ほかの誰のためにも作動しなかったのはなぜだと思いますか。

——わたしが知るもんですか。DNA。脳の構造。運命。とてもひねくれたユーモアのセンスを持った宇宙。

ヴィンセントはベッドで二日間過ごしました。そのあいだはずっとおとなしく従い、包帯を巻いたままでした。彼が戻ってきたとき、操縦席はみんなが予期したとおり、ヴィンセントのために作動しました。操作盤も同様に点灯しました。ドクター・フランクリンは精いっぱい表に出さないようにしていましたが、どれだけわくわくしているかは隠しようがありませんでした。誰が彼女を責められるでしょう？　彼女はずっと長いあいだ、そうなることを願っていたんです。

ヘルメットが作動すると、わたしのホログラムで脚の動きを見られるようになりました。操作盤にもわたしのものとそっくりな、別の小さなホログラムが現れました。もちろんヴィンセントの脚もライアンと同様、少しも制御装置に適合しませんでしたから、ホログラムはたいして役に立ちませんでした。彼はちょうどライアンがそうだったように、背を向けなくてはならなかったんです。そしてライアンと同じで、脚を正しく動かすことはできませんでした。ですがヴィンセントの体格は、ライアンには遠く及びません。また振り出しに戻ったといえればいいんですが。

ヴィンセントはすべてを一から身につけなくてはなりませんでした。わたしのホログラムで脚の動きを見ることが少しは役に立ちましたが、相変わらずすべての動きにかけ声をかけなくてはなりませんでした。それには……

――がっくりした。

――まさしく。ライアンとわたしがこつをつかむには、六カ月近くかかりました。それをわたしたちは五分たつと息切れするような誰かと、また一から繰り返さなくてはならなかったんです。

ライアンはすべての面でとても……紳士的でした。ヴィンセントの面倒を見てやり、あらゆる動きを何度も何度も繰り返し教えました。ヴィンセントも……彼にしては精いっぱい取り組みはじめました。ライアンと交代することになるのはわかっていましたし、彼に指導してもらうことで毎日そのことを思い出すはめになっていました。わたしたちの足手まといになっているのも自覚していました。ほんとうに熱心にスポーツジムに通い、わたしたちが帰ったあとで毎晩ウエイトトレーニングに励みました。ですが何年もの軍事訓練を数週間で補うことはできません。

ライアンは脚の制御装置のレプリカをつくらせていました。三カ月間、彼はヴィンセントの横につきっきりで、自分のあらゆる動きをまねさせました。ゆっくりと、ですが確実に、ヴィンセントはこつをつかみはじめ、最初はほんの一歩か二歩、それから一度に何分間か続けられるようになりました。しばらくするとライアンは彼を励ましながら、ところどころで間違いをいくつか指摘するだけになりました。ライアンが自分は無用な存在だと感じはじめているのがわかりました。わたしはヴィンセントにさらに厳しく接するようになり、ライアンがなにかに取り組めるように、できるだけ彼を不器用に見せるよう努めました。

ですがそれは、ことの半面にしかすぎませんでした。ヴィンセントとわたしは仲良くならずにはいられなかったんです。わたしたちはいつもおたがいを笑わせあい、これはライアンのときと変わりませんでした。あの球体のなかで働くことには、なにかそういう影響があるんです。ライアンは下着のモデルのようですが、ヴィンセントとわたしは、わたしたちはうまが合います。じきにライアンは自分のことを邪魔者のように感じはじめました。それを見ているのはひどくいやなものでした。彼は人生でもっともわくわくする仕事を、そして同時にわたしを失いかけていたんです。彼はわたしがヴィンセントと親しくなっていくのを、最前列で見ていました。最悪だったのは、彼がそれにひと役買うよう求められたことです。

ヴィンセントはどんな標準的定義に照らしても善人とはいえません。邪悪だとかいうわけではありませんが、自己中心的です。ニューイングランドほどの大きさの自尊心を持っていて、あまり人に親切ではありません。実際、人嫌いだといっています。彼は天才ですが、ろくな人間ではありません。わたしが惹《ひ》かれたんですから、それはわかります。それに彼のほうも同じ気持ちなのは明らかでした。しばらくすると、室内に張りつめた性的雰囲気をはねのけなくてはならなくなりました。ひょっとするとふたりとも、それが自分たちにできる最悪の行動だとわかっていたからかもしれません。もしかしたらライアンがそこにいるせいで、ますます禁断の行為という雰囲気が強まったのかもしれません。わたしにいえるのは、それが傍目《はため》にもわかるほどだったということだけです。わたしは懸命に無視しようとしました。さらに何度かライアンを誘って出かけさえしました。彼はわたしと寝ようとはしませんでした。それが哀れみからかもしれないという考えに耐えられなかったんです。

——そうだったのですか?

——ライアンは次第に球体から早く出ていくようになりました。ようやくドクター・フランクリンが、彼の心を静めておくために研究室でなにか仕事を見つけてやったんです。彼がそれ以上わたしと同じ空間にいることに耐えられたとは思えません。こんなことをいうのはひどい気分ですが、わたしはライアンがあきらめることに腹を立てはじめていました。わたしたちがともに過ごす未来があるとは思いませんでしたから酷なことなのはわかりますが、心のどこかでライアンが自分の仕事のため、わたしのため、なんのためでもいいから戦うことを望んでいたんです。

ある晩、ヴィンセントとわたしは遅くまで働いていました。ライアンは早くに帰り、ドクター・フランクリンがドアを閉めて出ていく音が聞こえたばかりでした。ヴィンセントが自分の操縦席を離れてわたしのところに上がってきました。彼は笑みを浮かべてゆっくりとわたしの前に移動しました。わたしはまだ装具をつけていて、腕はコントロールスーツに通したまま広げられた状態でした。彼はわたしのベルトを外し、下着を脱がせて、自分に脚を巻きつけさせました。彼は無言で、一言も口にしませんでした。そのあいだずっと、ただわたしを見つめていたんです。それは……。気にしないで。

わたしたちは研究所の施錠をして、保守管理棟の出口から外に出ました。ヴィンセントのあとから外に出ると、ふたつのまぶしい光がどこからともなく現れました。ヴィンセントに力いっぱいなかに押し戻されたとき、わたしはまだ目を覆っていました。わたしはかなりの勢いで倒れ、吹き抜け階段の傾斜路に頭をぶつけました。大きなドンという音がして、建物全体が震えました。なにがあったのか見ようと外に出ると、ライアンはまだトラックのなかにいて両手をハンドルにのせていました。トラックの前部がセメントの壁に三十センチほどめりこんでいました。ヴィンセントはトラックのボンネットの上にうつぶせになり、彼の脚は壁に押しつぶされていました。

第三部　ヘッドハンティング

ファイル番号一二〇
上級情報顧問（DC－PS）、ヴィンセント・クーチャーとの面談
場所：ニューヨーク州ニューヨーク市、特別外科病院（HSS）

――父と一緒に動物園にいったのを覚えています。きっと五歳か六歳の頃でしょう。モントリオールからはけっこうな時間がかかり、父は運転が好きではありませんでした。人混みも苦手でした。でも冬の最中からずっと両親にねだっていて、母がようやく連れていくよう説得してくれたんです。ぼくはひどく興奮して、それ以外の話はできないくらいでした。ライオンはいる？　シマウマはいる？「さあな、いってみればわかるさ」

ある晴れた日曜の朝、ついにぼくたちは出発しました。父がそのドライブのために贈り物をくれました。よくある木でできたパズルです。小さなピースを組み合わせてつくられたただの

立方体で、特定の手順でしかぴったり組み上がらないようになっているんです。ほんとうにきれいだと思ったのを覚えています。もちろん父は、それをばらばらにして動物園に着くまでに組み立てなおすよう強くいいました。「おまえには一時間ある」彼はいいました。「余裕で組み立てられるはずだ」そう、そんなことはありませんでした。巨大な動物園の看板が見えたときには、まだそれに取り組んでいました。当然ぼくはすぐにパズルをもとの箱に戻して、看板に描かれた動物の名前をいちいち挙げはじめました。「見てよパパ、シマウマだよ！」彼はいいました。「それはすごい！　パズルを終わらせてしまうんだ。そうしたらいこう」ぼくはやりたくないといいましたが、わが家ではなにかをはじめたら最後までやり通すことになっていたはずだ、と父に注意されました。

ぼくはさらに二時間パズルに取り組み、そのあいだ父は本を読んでいました。もう少しで立方体が完成するところまでいきましたが、最後には必ずひとつかふたつ、合わないピースが出てくるんです。いくつかのピースを間違った場所にはめたにちがいないことはわかっていましたが、とにかく数が多すぎて、次にやるときにはどうやったのか思い出せませんでした。ぼくは何度も何度も同じことを続けました。お昼までには焦りが絶望に変わっていました。ぼくは泣き出しました。父はただ読書を続けました。ぼくの頭はもう働きませんでした。震えながらやみくもにピースを押しこんでいたんです。二時までには、ぼくはまさにヒステリー状態になっていました。父は読んでいた本をしまいました。そして車を発進させると、まっすぐうちに帰ったんです。

その日はずっと、ぼくたちは口をききませんでした。母がぼくを寝かしつけたあとで父が部屋に入ってきて、今日ぼくは貴重な教訓を学んだのだといいました。檻《おり》に閉じこめられた動物を見るよりも、はるかに価値のあることを。

――きみが学んだ教訓というのは？

――たぶん父がいいたかったのは、感情は判断の妨げになる。あれほどなにかほかのことをしたいと躍起になっていなければ、もしかしたらうまくいっていたかもしれない、ということでしょう。

――きっときみは並外れて賢い子どもだったにちがいありませんね。五歳の子どもが理解するには難しいことのように思いますが。

――ああ、これはいまのぼくがいってるんです。当時は父がなにをいっているのか、まったく見当もつきませんでした。ぼくはただシマウマが見たかった。父は哲学者でした。文字どおりの意味で。哲学の教授だったんです。ぼくが大きくなってからは必ずしも仲がいいわけではありませんでしたが、子どもの頃は崇拝していました。

——お母さんはなにを？

——母も父と出会うまでは教師でした。ぼくが生まれたときに仕事をあきらめたんです。母はほんとうに聡明な女性で、ほかのなによりも広い心の持ち主でした。彼女はぼくにスポーツをさせ、少しは同じ年頃の子どもたちと過ごさせたがりましたが、父は時間のむだだという考えでした。たいていの人間よりうまく働く頭脳を持って生まれてきたからには、その才能を使わないのは恥だといいました。間抜けどもと一緒にボール投げをするようなことが、ぼくにできるとは思わなかったんです。

母にしつこく勧められましたが、ぼくはやりたくないといいました。ぼくは父を愛していました。彼に誇りに思ってもらえることは、なんでもやりました。きっとそのことが母を怒らせたんでしょう。結局彼女はぼくたちを置いて出ていきました。ぼくと父はふたりとも打ちひしがれました。なぜそんなに驚いたのか、自分でもわかりません。いずれそうなるのは、ちょっと考えればわかることでした。正気の女性なら誰でも、あんな自己中心的で身勝手な男はたちまち捨ててしまったでしょう。おそらく母は、ときどきささやかな注意を向けてくれる、まずまずの男を見つけただけなのでしょう。母が出ていったのがぼくのせいではないのはわかりますが、もしぼくが父と同じくらい彼女を無視しなければ、とどまっていたかもしれません。ぼくの頭には父を喜ばせることしかありませんでした。ときどき母は、自分が存在すらしていないような気分になったにちがいありません。彼女は一瞬でも皮肉なことをいう女性ではありませんでした。今度のことを知れば、おそらく彼女は心から悲しむだけでしょうが、父がこの皮肉に気づかないことはきっとないはずです。

——皮肉?

——ええ、皮肉です。ぼくはこれまでずっと、できるかぎり賢い人間になろうと努力してきました。父はいつも、いつかぼくには真の変化をもたらすことができるだろうといっていました。たいていの人たちはほんとうに目的を持つこと、というか、すぐ身のまわりのこと以外で目的意識を持つことはありません。彼らは当人の家族にとっては大切な存在ですが、その範囲を大きく超えることはないんです。誰もが職場では替えのきく存在だし、友情は生まれては消えていきます。

ぼくは自分よりはるかに大きななにかの一部になる機会を手にしましたが、それはどれだけ学んだからでも、どれだけ賢いからでもありません。ぼくを特別な存在に、ほんとうに役に立つ存在にしたのは、結局ぼくの脚だったんです。そしていまぼくは、それを両方ともなくそうとしている。

——どうして脚を失うことになると思うのですか？

——あなたが入ってこられる二、三分前に、医者が出ていったんです。切断する以外の選択肢はないといわれました。両方ともです。

——無神経なように思われたくはないのですが、きみはその知らせにかなりうまく対処しているように見えますね。

——ほんとうのところ、ぼくはほとんどの時間を座って考えることに費やしています。それがぼくの得意なことです。座って考える。ですからそれができるかぎりは……。ぼくは自分の体に、たいして注意を払ったことはありませんでした。まともに食べず、ろくに運動もせず、スポーツもしませんでした。歩くことは恋しくなると思います。歩くのはよかった。

——きみが感じているのはそれで全部ですか？

——ぼくになにをいわせたいんですか？　人生は不公平なものです。こんな目に遭ういわれはない。でも、物事の大きな枠組みのなかでは、ぼくがどう感じているかはそれほど重要ではないと思います。もしあなたがたがほかの誰かでも制御装置を動かせるようにできなければ、誰にとってもすべては終わりです。あのヘルメットをかぶったのは、ほんとうにばかな思いつきでした。

——罪の意識を感じるのは正常なことです。なんらかの形の恨みも当然の感情でしょうね。

——このすべてを失うことを思うと、ぼくは胸が張り裂けそうですよ。もしあなたが聞きたがっているのがそういうことなら。そう思わないものが誰かいるでしょうか？　なぜだかわかりませんが、ずっとあの宇宙飛行士のことを考えているんです。打ち上げの七十二時間前に……。英語ではルジョルはなんというんですか？

——はしかです。きみがいっているのはトーマス・ケネス・マッティングリー二世のことですね。

——そう、彼です。どうしても名前が思い出せなくて。きっと彼は頭にきたでしょうね。もしぼくがあなたを満足させるほど打ちのめされていなければ申し訳ない。正直なところあのトラックが向かってくるのを見たときに、まず間違いなくすべて終わったと思いました。なにもかもがただ……暗くなって。ところでカーラはどうしてますか？　きっとかなり動揺しているでしょうね。

――彼女は元気にやっていますよ。責任を感じていますが、大丈夫でしょう。ほんとうなら見舞いにくるところだったのですが……

――いいえ、彼女はこなかったでしょう。

――そうかもしれませんが、ミズ・レズニックは心から感謝しています。きみは彼女の命を救ったかもしれないんです。早く帰ってくるよう伝えてほしいとのことでした。

――ライアンは？

――きみに話せることはたいしてありませんね。彼はまったくしゃべりたがらないのです。いまはフォートカーソン基地で拘束されています。心配はいりませんよ、ミスター・クーチャー。彼はきみにしたことの代償を払うでしょう。

――そんなことをしてなんになります？　ぼくには多くの面がありますが、少なくとも復讐《ふくしゅう》に燃えるたちじゃありません。彼がどんな気持ちか、ぼくには想像がつきません。

――誰かを愛すると、人はなにかまともでない行動を取るものです。

――いいえ。誰かを愛すると、人はひどく酔っ払い、こぶしで壁を打ち抜きます。あの男は大切に思っていたものをなにもかも、すべて奪われていた。ぼくが奪ったんです。意図的にやったわけじゃありませんが、彼の世界をひっくり返したのはぼくです。たぶん結局のところ、それほどキャプテン・アメリカじゃなかったんでしょう。彼にあんなところがあったなんて……。すみません、そのことで笑っているんじゃないんです。

――ミスター・ミッチェルが正気を失いかけているのがおかしいのですか？

――いいえ。ぼくのベッドの脇に座っているのが、あなただってことがです。家族でも、友だち――大勢はいませんが――でも、カーラやローズでもなく、あなただってことがですよ。

ミスター・ほのぼの。昏睡《こんすい》状態から覚めたら、ベッドの横にスーパーのレジ係がいたみたいなものだ。悪く取らないでください。

——ちっとも。

——人には親切にといったとき、彼らの本心はこういうことだったんでしょう。自己愛の強いケベック人のために流す涙はない。

——人々が百人単位で列をなすかどうかは疑問ですが、公正を期すためにいうと、誰もきみの居場所を知らないのですよ。

——どうでしょう、あなたが人に名前を教えたがらないのはわかりますが、ひとつこしらえたほうが楽じゃないですか？　なにかかっこいいのを、チャーリーとかMとか、なんでもかまいません。でも一方で、あなたには名前がないほうがいいのかもしれない。「名前がなんだというのだろう？」と彼はいった。

——ロミオだって同じ。もしあのかたがロミオと呼ばれなくても、あの完璧なお姿に変わりはない……

——教養のある男というわけですか？　なぜかあなたからは文学に通じている印象は受けないんですが。

——英文学専攻。優等《マグナカムロード》で卒業しましたよ。

——それはそれは！　どうか聞かせてください！

——それはやめておきましょう。ですがもしきみに特別な存在だと感じてもらえるならいいますが、大統領はわたしについてこの程度のことも知らないのですよ。欠けているパーツはあと三つだけだと知っていましたか？　中国で短い大腿部《だいたい》のパーツが両方とも見つかったのです。十五キロメートルほど離れた場所で。ほかのパーツもじきに見つかるはずです。地球の八十パーセントは調査がすんでいます。

——それはたいしたものだ。それが陸にあることを願うばかりですよ。

——それはどういう意味でしょう？

——だってこの惑星の七十パーセントは水で覆われているんですよ。すべての大陸を調査しおえた時点で、地球の表面の約三十パーセントを捜索したことになるわけです。

——ドクター・フランクリンは……

——ローズがなんといったかはわかってます。パーツを埋めた連中はなんとしてもぼくたちに見つけてもらいたがっている、と彼女は思ってる。でも見つかるのはいつも辺鄙《へんぴ》な場所だということに、あなたは気づいておられましたか？　パーツのほぼ半分はアメリカ国内で手に入れたものです。三千年前のアメリカになにがあったかご存じでしょうか？　多くはありませんよ。北極圏もそういうものを探すのに、特に都合のいい場所じゃありません。

——もしきみのことをよく知らなければ、悲観主義者といいたいところですよ、ミスター・クーチャー。その心配はわれわれに任せてください。きみはまた二本の脚で立つことに集中するんです。

——おかしなことをいいますね。いまから一時間後には、また立てるようになるための脚は一本もないでしょう。ぼくは車椅子の使い方を理解すればいいだけだ。そんなに難しくはないはずです。ほんとうに頭の悪い連中が何人か、車椅子に乗っているのを見たことがありますから。それにぼくは、なんでも自分が心配したいことを心配するつもりです。そうする時間はたっぷりあると思います。ずっと広東語を覚えたいと思ってたんですよ。どうしても暇が見つからなかっただけで。

——わたしの話をほんとうによく聞いてもらいたい。誰もきみの脚を奪いはしないでしょう。きみは運命を信じていないかもしれませんが、ロボットがきみを選んだのには理由がある。それはきみがやるべきことなのです。少し時間はかかるでしょうが、きみはあの球体のなかに戻り、あのロボットを歩かせるでしょう。きみはわれわれみんなを誇らしい気分にさせてくれるでしょう。それにきみはチーフ・レズニックのもとに戻らなくては。

——そんな台詞《せりふ》をどこから拾ってきたんですか？　それでも彼らはぼくの脚を切断するでしょうが、いいスピーチでしたよ。それにカーラとぼくの仲が終わりだということは、あなたもぼくと同じくらいわかっているはずです。

——彼女は障碍《しょうがい》を理由にきみを捨てるような種類の人間ではないと思いますが。

——それはわかっています。彼女は犬みたいに忠実だ……声に出していうとあまりいい響きじゃありませんね。とにかく、それが問題なんです。彼女はありとあらゆる間違った理由からぼくと一緒にいるでしょう。自分は不幸なのに、ゆがんだ見当違いの義務感からそばにいることになる。

——どうして彼女が不幸だと思うのですか?

——医者たちはぼくの脚を切断しようとしています。ぼくは歩けるようにはならないでしょう。立つことも、いちばん上の棚から食べ物を取ることもできなくなる。風呂に入るのに助けが必要になる。たぶん便を漏らしてしまうでしょう。もともとぼくは皮肉屋です。この出来事のせいで突然、ひと筋の陽射しのような人間に変わるとは思えません。もし自分だったら、ぼくと一緒に暮らしたいとは思いませんね。そんな思いを誰かに、特にカーラにさせたいとは思わない。彼女は誇りに思えるような誰かと一緒にいるべきです。おむつを替えるなんて、彼女がいちばんやらなくていいことですよ。

——きみはケン・マッティングリーがはしかになどかかっていなかったことを知っていましたか？　彼はアポロ十六号で月へ飛び、その後もスペースシャトルの飛行任務に二度参加しました。誰もきみの脚を奪うことはありませんよ、ミスター・クーチャー。わたしが約束します。

ファイル番号一二一

外科部長パーヴェル・ハース博士との面談

場所：ニューヨーク州ニューヨーク市、特別外科病院（ＨＳＳ）

――ミスター・クーチャーの容態は？

――大腿骨、脛骨《けいこつ》、腓骨《ひこつ》は両脚とも何箇所かで折れています。膝蓋骨《しつがいこつ》と呼べるようなものは、どちらの脚にも残っていません。彼の膝は跡形もなくなっています。小さな骨のかけらが銃弾の破片のように肉に突き刺さっている以外にはなにもありません。控え目にいっても、彼の脚はもうだめです。

――彼はあなたがたが切断してしまうだろうと思いこんでいるのですよ。

――その通りです。申し上げているとおり、われわれはいま手術室の準備をしているところです。ここでの処置が終わり次第、彼を上の階へ連れていきます。大腿部のなかほどで脚を切断することになるでしょう。もし運がよければ義足を取りつけるのに充分なだけは残るはずです。少し時間はかかるでしょうが、彼のような状態の患者のほとんどは最終的にはまた歩けるようになっています。いまはひどい話に聞こえるのはわかりますが、わたしが彼のためにはこうするのがいちばんだというからには、信じていただかなくてはなりません。

――おおよそ本人から聞いたとおりですね。こんなことをいって申し訳ないが、切断術は問題外です。

――ぶしつけなことはいいたくないが、この件の実質的な責任者はあなたではありません。

――それが事実ならどんなにいいことか。不幸なことにきわめて多くの物事がわたしの責任下に入っており、この件もたまたまそのひとつなのですよ。

あなたの口がわずかに開いているのが見えますね。それはこちらの言葉を遮る最初の機会を待っているということでしょうから、時間を節約して、あなたが手にすることになっている唯一の正当な理由をお聞かせしましょう。

あの男は人類のためとはいわないまでもこの国のために、きわめて重要ななにかを行う唯一の立場にあります。より端的にいうなら、彼はそれができるただひとりの人間であり、それをするためには脚が必要なのです。もしこの説明が、あなたが期待していたより簡潔すぎたなら申し訳ないが、状況を考えればそうならざるを得ないでしょう。

――あなたにそんなことは……

――どうか口を挟まないでください。あなたが権限のある地位にあり、おそらくその仕事の性質上、否定されることに慣れておられないのはわかります。ですがもしわたしが聞かされてきた話がほんとうなら、敗血症がはじまるまでにそれほど時間はないでしょうから、無遠慮な態度を取ることを許していただきたい。

もしあなたがあくまでも方針を変えないと言い張るなら、あのふたりの男に付き添われてこの建物をあとにし、車で連れ去られることになります。脅しているとは思ってほしくない。あなたは命を奪われることはないし、誰からも肉体的苦痛を与えられることはありません。しかし奇妙な部屋で目を覚まし、生涯その外を見ることはけっしてないでしょう。

わたしはただ情報にもとづいた決断を下せるように、あなたにすべての事実を知っていただきたいだけなのです。残念ながらあなたは、三十秒以内にその決断を下さねばならないでしょう。

——どうお答えすればいいのかわかりませんね。

——答える必要はありません。わたしの指示どおりにしなくてはならないだけです。あなたはその道でいちばんの腕をお持ちだと聞いています。ですからわれわれは彼を飛行機でここに連れてきたのです。ですからわれわれはあなたを選んだのです。十分ほどあれば、ほとんどあなたに劣らないほど優秀な代わりの誰かをつかまえることはできるでしょうが、わたしは次善の策で手を打たねばならないのが心底いやなのですよ。

——あなたはわかっておられない。わたしにはどの骨も——わたしにも、ほかの誰にも——救い出すことができないのです。それは意思の問題ではないし、わたしを脅してもなにも変わりません。わたしには患者の骨がもとどおりくっつくよう願うことはできません。それに無から新しい脚を生み出すのも無理です。

——間違いなくあなたには可能です。あなたはチタン埋め込み術の論文を何本も書き、人工股関節《こかんせつ》全置換術を高い確率で成功させておられる。この大きさのインプラントを作成するための機械工学上の技術を欠いておられるか否かはわかりませんが、われわれは電話一本で状況を改善することができます。きっとすでに必要な設備はすべて持っておられるでしょうが、ほかにほしいものがあればなんでも、わたしが一時間以内に空輸で取り寄せましょう。

あなたは無制限の財源を与えられ、いままで聞いたこともない部局だけでなく、アメリカ陸軍、国立衛生研究所《NIH》、全米科学財団《NSF》、航空宇宙局《NASA》などのようなリソースも利用することができるでしょう。もしなにか必要なものがあれば、この番号に電話して、名前を告げるだけでいい。必要なものがすべて手に入るよう、誰かが手配してくれるでしょう。これはぜひともはっきりさせておかねばなりませんが、あなたは膨大なリソースを自由に利用できるのです。あなたがある種の科学技術は存在しないと、あるいはある種の素材は手に入らないと決めてかかったためにこの実験が失敗に終わることを、わたしは望まないでしょう。いま、まさにこの瞬間、あなたは医療の分野において地球上でもっとも力のある人物なのです。

――われわれは彼の脚の骨をひとつ残らず置き換えなくてはならないでしょう。基本的には機械の脚を丸ごと患者の体に挿入することになります。そんなことは一度も行われたことがないし、それには理由があるのです。人間の体は異物を嫌います。それらを機能させられるだけの筋肉を救えるかどうかさえ定かでありませんが、彼の肉体はそのような大きなインプラントを間違いなく拒絶するでしょう。わたしが保証します。われわれは結局、彼を殺してしまうだけです。

――まさにそれを、わたしはいっているのですよ。あなたには自分が知らないことがどれほどあるかを理解していただかねばなりません。それもごく短時間で。二十分ほどのうちに、あなたはアメリカ陸軍医学研究兼補給本部の誰かから電話を受けることになります。彼らはあなたに独自開発してきた新しい免疫抑制剤を提供してくれるでしょう。それが彼に新しい脚を受け入れさせる助けになるはずです。彼らはまた筋肉増強剤も送ってくる……

――自分がまったく知らないものを患者に注射することはできません。

――ミオスタチンの抑制剤です。あなたが読まれたことがあるかもしれないほかのどのような薬よりも、はるかに効果がある。きっと使用法の説明も添付されているでしょう。彼らの話ではネズミには驚異的な効果があるようです。うわべを取り繕って貴重な時間をむだにするのはおよしなさい。わたしと同様にあなたもそれが効くところを見てみたいと思っていることは、おたがいわかっているのですから。あなたは食品医薬品局(FDA)がこの先十年間も耳にすることさえないような薬を使用する機会を得るでしょう。

――明らかにあなたはわたしの意見には関心がないようですが、きちんと理解していただき

235　第三部　ヘッドハンティング

たい。もしいまわれわれが切断術を行えば、彼は義足をつけてとても実りある人生を送ること
ができるでしょう。

──あなたが新しい脚をつくってやれば、彼は驚異的に実りある人生を送ることになります。

──考える時間をくれませんか。

──その必要はありません。あなたは二十秒ほど前に心を決められました。いいですか、ド
クター・ハース、われわれの仕事にたいして違いはありません。状況を分析し、行動を起こす
前に手に入るかぎりのデータを集め、起こりうるあらゆる結果を予測しようとする。わたしは
己の仕事を徹底して果たし、あなたにもそうしてもらえるよう期待しています。あなたは企業
に出資を受けたふたつの大規模な研究でとてつもない量の知識を得ておられる。いまわれわれ
があなたに活用をお願いしている知識を。ひとつはテーパーチタンセメントレス人工股関節全
置換術に関するもの、そしてもうひとつは失敗したチタン埋め込み術における組織反応に関す
るものです。二〇〇六年、あなたの股関節置換研究に参加したふたりの患者がインプラントに
拒絶反応を起こし、ひとりが合併症で死亡しました。興味深いことにこのふたりの患者のこと
は、あなたのどの助成金申請書でも発表でも、まったく触れられていません。しかしどういう

わけか彼らのデータは、まったく参加していなかった組織反応の研究に現れている。あなたはまるでまったく何事もなかったかのように、その患者たちをひとつの研究から次の研究の対象者にすり替えたのです。ひとりの患者が死んだ以外はなんの害もなく、不正もありません。

――あの女性には、本人が申告していなかった心臓の病気があったんだ。彼女が応募書類に嘘を書いていなければ、わたしはけっしてその研究対象に選ばなかっただろう。

――わたしは少しも疑っていませんよ。あなたの報告書に彼女を載せても、救うことにはならなかったでしょう。あなたは予備的結果の見栄えが出資者にとってずっとよくなるようにしただけです。

もっと肝心なことをいえば、あなたはこの国に移住したときに酒気帯び運転で逮捕されたことを申告するのも怠りましたね。合衆国では軽微な罪にすぎないのはわかっていますが、あなたの母国では刑事犯罪だ。

そうした決まりはほんとうに自分に適用されるわけではないし、そうした悪意のない嘘はより大きな善の役に立った、そして自分は実際にほかの人たちを助けていたのだ。あなたはそんなふうに信じるほど自己中心的な人間です。これはあなたのような背景を持つ人々には珍しいことではありません。

――わたしの背景？

――不安定な環境で、伝統的な価値観を持つ貧しい家族によって育てられた。家族のなかで初めて大学教育を受けた人間。初めて貧困から這《は》い上がった人間。言い古された表現に聞こえるのはわかりますが、われわれはこの種のプロファイリングにはきわめて熟練しているのです。ひとつたしかなのは、ドクター・ハース、あなたが逆境に強い人間だということです。間違いなく、信条のようなつまらないなにかのために己の人生を、家族を、経歴を投げ捨てるような人間ではありません。

この部屋を出たらあなたは、ミスター・クーチャーの脚に充分残っている生きた組織が、彼の新しい骨を組み立てるあいだ間違いなく保存されるようにするでしょう。

――もしわれわれがそんなまねをして、奇跡的にうまくいったとしても、彼が手術台の上で死んでいればよかったと思うことは保証する。われわれに殺してくれと懇願するだろう。彼が経験しなければならない痛みがどれほどのものか、あなたにはけっして想像できまい。毎日の一瞬一瞬が人生で最悪のものになるだろう。それを自ら彼に告げるつもりはあるのかね？

――わたしは遠慮したいですね。それは誰かに、特に命に関わる再建手術の前に告げるにしては、酷な話だ。もしわれわれがそうなることを話したら、彼が受ける苦痛は少しでも軽くなるでしょうか？

――いいや。なにがあろうと彼は地獄の苦しみを味わうことになるだろう。もし最初に死んでしまわなければだが。

――それなら話す理由は見あたりませんね。わたしは彼に、人間に可能なかぎり良好な精神状態でいてもらいたいのです。彼には万事うまくいくだろうと話していただきたい。

――この手続きが医師の助言に反して行われていることと、わたしが脅迫されて参加していることを示すための記録がほしい。

――この会話は録音されていますから、これまでにわれわれが話したことはなにもかも記録されています。もしお望みなら、これを記録と呼べるかもしれません。もし医療記録のことをおっしゃっていたのなら、それは無理です。これはあなたの考え、それもあなたひとりの考えでやることです。あなたはこれが自分の患者にとって最善の解決法だとかたく信じ、その成功に確信があるからこの手術を行っている。どのような形であれ、この会話に触れることはけっしてないでしょう。この点については誤解の余地がないように、はっきり申し上げておきます。わたしが存在すること、わたしの存在そのものを少しでも誰かに話したら、あなたとあなたの愛するものたちの双方にとって悲惨な結果になるでしょう。

――それはどんな種類の結果なんだ？

――まだ適切な回答をじっくり考える時間はとっていませんが、たとえ手術が成功しても、二度とお子さんたちに会うことはないと保証することはできます。

――もし成功しなければ？

――そのときは、あなたはほぼ間違いなく医師免許を失うでしょう。

――やめてくれ。わたしはなにもいうつもりはない。だがもし患者が生きのびられなければ？あんたはなにを材料にわたしを脅しているんだ？

——もしあなたがわたしの頼んだとおりにしてくださるなら、どうして脅したりするでしょう？　わたしは悪魔ではないのですよ、ドクター・ハース。そうはいっても、おそらくあなたは家や車、財産すべてと一緒に医師免許を失うでしょう。しばらく刑務所暮らしをしてもらうことになるでしょうね。あなたはまさに、あきれるほど複雑でとてつもなく危険な、完全に必要のない実験的手術を、容態の安定している患者に対して、なにも知らせず同意も得ずに行おうとしているのです。もし彼が死んだらどういうことになると思いますか？

出ていく前に、あなたにはこの設計図も見ていただきたい。あなたが埋めこむ脚の構造にこれを組み入れていただく必要があるのです。

——これは？

——膝です。

——わたしは機械工学の専門家ではないが、この形はまるで……

——そのとおりです、ドクター・ハース。そうなのですよ。

ファイル番号一二六

遺伝学博士、アリッサ・パパントヌとの面談

場所：コロラド州デンバー市、シビックセンター・パーク、デンバー公立図書館

——あなたには興味深いなまりがありますね、ミズ・パパントヌ。それはバルカン半島のものですか？

——ええ、ギリシャのほとんどはバルカン半島にありますから。

——きっとあなたの出身地は、わたしが訪れたことのない地域にちがいない。実に独特だ。

——ありがとう。なぜわたしたちがこの、こ……公立図書館で会っているのか、知りたいのですが。すみません。どうも人と、は……話をするときには緊張してしまって。

――謝ることはありません。邪魔の入らないところであなたにお会いしたかったのです。お知り合いになれて嬉しいですよ。

――こちらこそ。それであなたが、は……話しあいたかったことというのはなんでしょうか？

――あなたがこのプロジェクトの方針を支持していないという話が耳に入っているのです。そのような不満、特にあなたのような知性の持ち主が抱いている不満を真剣に受け取らなければ、わたしの怠慢というものでしょう。

――ありがとうございます。あなたのあ……頭ごしに上と交渉するつもりはなかったんです。

――するとそれは偶然だったと？

――わたしは……

――まあそれはどうでもいいことです。さあ、聞かせてください。ドクター・フランクリンがチームを率いているやり方のなにが、それほどあなたの神経に障るのでしょう？

――わたしはドクター・フランクリンのことを、この世の誰よりも尊敬しています。彼女はとても優秀な物理学者です。

――しかし？

――しかし彼女は間違いを犯します。彼女は……彼女はあなたが思っておられるほど頭脳明《めい》晰《せき》ではありません。わたしはしばしば彼女が行った計算に、に……二重チェックの必要性を感じます。

――きっと彼女は感謝しているでしょう。

――なににもましてドクター・フランクリンは、あまりに……もろいのです。彼女はチームの構成員に対する感情に判断を曇らされています。彼女はカーラやヴィンセントを、まるで自分のこ……子どものように扱います。カーラは頑固でかたくなな人物で、このプロジェクトをま……前へ進めるために全面的に彼女の善意に頼るのは、わたしの感覚では……無責任です。

わたしは何度か、ヘルメットがカーラのためだけに作動する理由を究明するために検査を受けさせるよう要請し、ドクター・フランクリンは一貫して拒んでいます。

――その申し立てはほんとうに間違いないのですか？　わたしはミズ・レズニックが唾液《だえき》のサンプルを提出し、それをあなたが分析したと聞きました。実際、あなたが彼女の遺伝的性質には異常な点はなにもないと結論づけた報告書を見た覚えがあります。

――いくつかの遺伝的、生化学的検査を行い、染色体の異常も明らかな変異も見あたりませんでした。ですがもっとたくさんの検査が、ミトコンドリア分析があります。全ゲノム解読さえ行っていません。やろうと思えば彼女の脳の構造を調べることができますし、その目が答えだという可能性もあるんです。

――もしわたしが間違っていなければ、ドクター・フランクリンも網膜スキャンを行っていたはずですが。

――わたしがいっているのは彼女の目の画像ではなく、検体を詳しく調べられるということです。

――そうしたほかの処置は、われわれがロボットのすべてのパーツを回収し、より急を要する課題を解決するまで待てるのではありませんか？

――あなたはわかっておられません。問題はカーラのことだけではないんです。わたしたちは……わたしたちはいま、ヴィンセント抜きで前へ進むことはできません。もし彼が生きのびられなければ？　もし彼がふたたび、あ……歩くことができなければ？　ヘルメットがなぜカーラのために働くのかを理解することは、ヴィンセントを交代させるための手がかりにもなるかもしれないんです。

失礼ながら、ここではあまりに多くのことが危うくなっています。個人的な感情や、わたしが誰かの目に針を挿入しているあいだ、多少のふ……不快感を感じることを心配している場合ではありません。ほかのみなはともかく、あなたが……

――わたしがどうだというのですか？

――あなたは……実際的で、やるべきことをわかっておられると思っていました。ひょっとしたらあなたも思い入れを抱くようになってこられたのかもしれませんね。

――わたしの判断に疑問を抱いておられるのですか?

――ではお尋ねします。もしこの機械を操作するために必要なのが犬で、人間ではなかったら、わたしたちはすでに予備のこ……子犬を十頭以上抱えているのではありませんか?

――子犬ですか……。その問いかけは、わたしに出せるどのような回答よりもはるかに興味深いものですね。ともあれ事態に新しい光を当ててもらったことに感謝しますよ。あなたの意見は洞察力に富んでいるとともに興味深いと思っています。あなたがおっしゃったことすべてを熟考すると約束しましょう。

――ありがとう。わたしが求めているのはそれだけです。

――ではこれで、ミズ・パパントヌ。

ファイル番号一二九
安全保障担当大統領補佐官、ロバート・ウッドハルとの面談
場所：ワシントンDC、ホワイトハウス

――わたしになにかご用ですか、ロバート？

――国防長官がわれわれに防衛準備態勢《デフコン》3を提案しているのだ。

――ロシア人ですか？

――特にな。中国が彼らの領域を離れようとしているわれわれを見つけたのだ。彼らは国連に正式に苦情を申し立てている。

――いつからあなたは国連を気にするように？

――国連のことなどなんとも思っていないが、ロシア人たちが聞き耳を立てていたのだ。彼らは実にすばやく結論を導き出した。連中はわれわれの狙いが何なのかはまだ知らないが、それを手に入れるために招かれもせずどの国に立ち入ることも厭《いと》わないとすれば、たんなる古代の遺物の類でないことはわかっている。トルコ政府もきみたちのちょっとした訪問をロシア人に知らせたが、そのことは事態をよくしてはいない。

いま彼らはシベリアでの自国の兵士の死に関して、正式にわれわれを非難している。連中はわれわれのちょっとした侵入を、故意の挑発行為と呼んでいるのだ。ロシア大使が一時間ほど前にモスクワに召還された。こうしてわれわれが話しているあいだにも、大使館では大掃除が行われているだろう。もう少しでシュレッダーの音がはるばるここまで響いてきそうだな。中国があとに続くのは時間の問題にすぎんだろう。

――彼らは軍事的緊張を高めていると？

――そういって差し支えないだろう。この三時間でわれわれは、キューバのミサイル危機以降に見てきた以上のロシア海軍の活発な動きを目にしている。全北方艦隊が警戒態勢に入り、われわれの知るかぎりでは太平洋艦隊のほとんども同様だ。北大西洋だけで百隻を超える艦船が展開している。

――潜水艦は?

――今朝セヴェロドヴィンスクが、二隻のボレイ級潜水艦とともに出航した。白海基地は空っぽだ。いまはデルタⅣ型原潜が五隻と同数のデルタⅢ型がうろつきまわり、大型で旧式のタイフーン級まで出てきている。現時点では基本的に航海に耐える核兵器を搭載した艦はすべて出払っている状態だ。中国側の変わった行動はなにも目にされていないが、もし彼らが同様に自分たちの艦隊の一部を送り出したとしても、わたしは驚かないだろう。

――連中ははったりをかけているのですよ。おわかりでしょう。

――それはこちらも同じだ。はったりが意味することは、かつてとは違っている。誰も全面戦争を望んでいないし、みながそのことを知っている。両陣営が相手は戦いを望んでいないとわかっているから、われわれは毎回ほんの少し強く壁に押しつけあう。すべてはいかに体面を保つかの問題だが、基本的にわれわれがやっているのは度胸試しで、どちらの陣営も相手はけっして核兵器を使わないのだからなんでも好きなことができると思っている。おそらく今日はそうだろうが、いつか……われわれのうちの一国が恐ろしい間違いを犯してしまいそうだ。

もちろんわれわれは攻撃型潜水艦を展開している。もし中国が介入してきたら、彼らの船に対抗するためにさらに船を送りこむだろう。われわれの航空母艦はすでに警戒態勢に入っている。もしわれわれがどこであれアジア方面にそれを派遣すれば、彼らは保有しているすべての船を水に浮かべてこちらに派遣することになるだろう。これが行きつく先は目に見えている。海軍のにらみあいはろくなことになったためしがない。たしかに地図上では広く見えるが、海はほんとうにたちまち船でいっぱいになる可能性があるし、ろくにまわりが見えていない状態でどんな相手とも衝突しないよう努めている十人あまりの潜水艦の艦長の手には、絶対にわたしの運命を預けたくないね。

――われわれはほんとうにいつも調子を合わせる必要があるのでしょうか？　単純になにもせず、何日間かロシアに格好をつけさせてやるわけにはいかないのですか？　わたしには比例報復の利点を理解できたためしがありません。

――なにか利点があるのか、わたしにはわからんな。あまりに多くの火力を手にした人間の、いわゆる性《さが》というだけのことだ。酒場でけんかになった経験はあるかね？

——当然これは形だけの質問なのでしょうね。

——まあいい、それはこんなふうにはじまるのだ。きみが誰かにぶつかり、相手が飲み物をこぼす。相手はきみに食ってかかり、突きのける。きみは謝るふりをしながら相手の胸をこづく。みなが「比例報復」をした結果、誰かが歯をへし折られる。誰もほんとうに争いたがってはいないが、手を引く側にもなりたくない。相手が軍人だとその百倍もひどいことになり、政治家だとさらにひどいことになる。

だからわれわれは自分たちの思ったとおりに行動し、彼らも自分たちの思ったとおりに行動することになる。そしてもしわれわれがほんとうについていれば、その過程で二千万の人々を死に追いやらずにすむだろう。

——この行動方針に合意したとき、われわれはみなこうなる危険に気づいていたはずです。

——それは多少……、そうとう事態をゆがめて見ているとは思わないか?

——どうしてそうなるのですか?

——われわれは正確にはどのような合意もしていない。きみがわれわれにフェ・アクープリを提示したんだ。きみは自分たちがなにをやっているかを事後にわれわれに話し、脅迫して……

——アコンプリです。

——なんだって？

——それをいうなら、フェ・アコンプリ。既成の事実という意味です。アクープリという単語はそもそも存在しない。どうしてみなが自分には意味のわからない言葉を使うのか、わたしにはさっぱりわかりませんね。

あなたがたに支援を要請したとき、こちらの意図はきわめてはっきりとお伝えしました。そしてそちらは協力することを選ばれた。あなたがたには部隊を提供する必要はなかったのです。その気になれば断ることができました。いつでもわたしを止められる手段もお持ちだった。どの時点でもわたしとチームの全員を逮捕し、投獄し、あるいは殺すことさえできたはずです。なにもおっしゃっていなければ暗黙の了解の完璧な事例になっていたところですが、あなたがたはさらに踏みこんで、ある種の条件を提示されました。その条件下でわたしが、「この政権の全面的な支援」を受けられるような。現在の状況を考えるとこの決断から距離を置きたいというお気持ちはわかりますが、あなたがたは選択をなさったのです。結果として多くの人々が命を落とすかもしれないからといって、その選択はなかったことにはならないでしょう。

――きみはどうなんだ？　きみはそうなっても平気なのか？　結果が手段を正当化すると？

――まるでわたしが理性を欠いているようなおっしゃり方ですね。ええ。この特別な結果は、かなりの手段を正当化すると思いますよ。ほかのみなのように、わたしもどこかに線を引きます。感情ではなく理性にもとづいてそれを引く、というだけのことです。

――するときみは数百人の人間を死なせるのか？　千人ならやめるのか？　このためにいったい何人の命を犠牲にしてもかまわないと思っているんだ？　百万か？

――とんでもない。ですが千というのは妥当な数字に思えますね。

――まったくろくでもないやつだな。それはただの恣意《しい》的な数字ではないのだろう？

──もちろん恣意的ですとも。たいていのことはそうです。われわれがソビエトとどちらが先に月に到達するかを競っているあいだに、八人が死にました。チャレンジャーとコロンビアの事故ではさらに十四人が命を落としましたが、それでもまだ宇宙計画は存在しています。宇宙探査は二十二人の死を充分正当化できるだけ重要なのです。仮に二万二千人が命を落としていれば、事情は違っていたかもしれません。

われわれはクウェートを解放するのに約三百人の兵士を失いました。ほとんどの人はそれを妥当だと思うでしょう。イラクでは四千人を超えるアメリカ人が死にました。なかにはサダム・フセインを排除するための代償としては高くつきすぎたという人もいるかもしれないし、そんなことはないという人もいるかもしれない。明らかに当時の政府は、その価値があると考えていました。

第二次世界大戦中には二千万人を超える兵士が命を落としました。兵士だけで二千万人です。大勢の人々が、自分たちがもたらす特定の結果は多少の不可解な手段を正当化すると信じていたはずです。

正直なところわたしは、いまわれわれがやっていることは月へいくことや何バレルかの石油を手に入れることよりもはるかに重要だと信じています。わたしにいわせれば、むしろ車輪の発明や火をおこすこととくらべるほうが容易でしょう。ほかの人たちの同意を得られないかもしれないのはわかっています。これが何人の命を失う価値があるのか正確な数字をお話しできればいいのですが、それは無理です。ある時点でわたしたちは、千百五十一人の死には耐えられるが、千百五十二人は無理だと判断するかもしれない。当然それは恣意的な数字です。

わたしに申し上げられるのはこういうことです。われわれは宇宙で孤独な存在ではないというたしかな証拠、技術的に人類より文字どおり何千年も進んだ文明が存在しているという紛れもない証拠が、デンバーの地下倉庫にあり、われわれはその知識の一部を使える状態に近づきつつあるのです。これは全人類にとってとてつもない飛躍になる可能性がありますし、それは科学技術の見地からだけではありません。これはわれわれの世界に対する考え方を、自分たち自身の見方を変えるでしょう。この惑星をつくりなおすでしょうし、われわれにはその変化を導く手助けをする機会があるのです。それはあなたがたにとって何人の命の価値があるでしょうか？

――ほかに誰も死なずにすむことを願うばかりだな。われわれはなにかいい知らせを、それもすぐに必要としている。そういえば例のちょっとした叛乱《はんらん》は鎮圧したのかね？

――実のところ、そうなのです。

――よろしい。大統領はこのすべてにうんざりしかけておられるところだ。病院でのきみのちょっとした離れ業のことも、耳にしておられるぞ。

——正確には、今回あなたがおっしゃっているわたしの非道な行為とは、なにを指しているのでしょうか？

——きみはひとりの医者に無理強いして、あの言語学者にばかげた金属の膝かなにかを埋めこませた。誰も気がつかないだろうと思ったのか？

——まあ、彼には膝が必要でしたから。

——それは大統領の見解とは違うな。これまで彼は国民に対するある種のリスクに目をつぶってきたし、国際法に関していえばきみに自由裁量の余地をかなり与えてきたが、きみはつい最近、越えてはならないことになっている一線を踏み越えてしまった。きみはきわめて危険な——控え目にいっても実験的な——肉体改造手術を、アメリカの一国民に対して本人の同意なしに行ったのだ。

——申し訳ありません。それが非難されることだとは知りませんでした。

――これは笑い事ではないぞ。

――少々滑稽《こっけい》に聞こえますよ。まず第一に、わたしはなにもしていません。やったのは医者です。第二に、ミスター・クーチャーはアメリカ国民ではありません。彼はモントリオールの出身です。ボストンほどの大きな都市で、ここから真北に位置するとても大きな国にあります。聞いたことがおありかもしれませんね。国民はアイス・ホッケーを楽しみます。

――いまのはただの言葉の綾だ。

――「アメリカ国民」というのは言葉の綾ではありません。わたしがどこかの医者に、われわれが成功するための最大の可能性をのこぎりで切り落とさせなかったからといって、あなたは本気で大統領が不満を抱いているとおっしゃっているのですか？　必要とあればわたしにはミスター・クーチャーを撃つことができるが、手術は道徳的に非難に値すると思っておられると？　そのせいで不愉快な思いをしておられると？　気持ちが落ち着かないと？　大統領には、われわれはほんとうに上等の膝を彼に与えてやったとお伝えください。できればミスター・クーチャーに勲章をやってくれるようにと。そうすればあのかたの気分もましになるでしょう。

もしミスター・クーチャーが生きのびれば、われわれが成功する見込みは手術の前よりかなり大きくなるでしょう。これもいわせていただきたいのですが、もうひとつの選択肢は脚のない脚のパイロットを抱えることなのですよ？　絶好の機会が訪れ、わたしはそれをつかみました。躊躇《ちゅうちょ》せずにふたたびそうするでしょう。

――次に誰かを六百万ドルの男にしたくなったら、まず本人の許可を得るべきだろうな。大統領にいわせれば、きみのしたことは拷問に等しいのだ。

――慎んで、しかし強く異議を唱えます。大統領にはなんとでも好きなようにおっしゃってください。あのかたのことはあなたにお任せします。

――……

――ロバート？

――そうだな、その勲章という案は悪くない。

——わたしは皮肉のつもりだったのですよ。そんなことはあなたには……。お気になさらずに。そうですね。彼に勲章をやってください。

ファイル番号一四一

ローズ・フランクリン博士との面談

場所：コロラド州デンバーの地下施設

――カーラはどこに？　今日は姿を見せていないんです。

――仕事ですよ。もっと話せればいいのですが、二、三日で戻ってくるでしょう。あなたも出かけていたそうですね。

――さすがによくご存じですね。ええ、ライアンを訪ねたんです。

――彼が面会を許されたとは知りませんでした。

――許されてはいません。ですが、どうやら政府の精神科医の面会は認められているようですね。

——彼らはあなたの身分証を確認しなかったのですか？

——国家安全保障局《NSA》からは一度もＩＤカードを返すようにいわれていませんから。そのカードには「ドクター」と書いてあって……

——正直なところ、わたしはいささか驚いていますよ。そんなことをするとは、少々あなたらしくないように思えますが。

——気を悪くするべきなのか、気をよくするべきなのかわかりませんね。

——別にどちらの感情も抱くことはありません。たんにわたしは、あなたの最近の行動がその個人的気質からすると珍しいと指摘していただけです。あなたはきわめて勇敢だが、とても理性的で几帳面《きちょうめん》な人間でもある。今度の行動は無分別で衝動的に思えます。それらの言葉はミズ・レズニックのことを話しているときに、より簡単に頭に浮かんでくるものです。

——彼女が持ちかけてきて……。もしわたしが面倒なことになれば、あなたが救い出してくれるだろうといったんです。

——それはあてにできないと思いますよ。

——とにかくわたしは、ライアンをただあそこにひとりきりにしておくことはできなかったんです。みんながまだ彼のことを気にかけていると、知らせてやる必要がありました。わたしを見て、彼は心から驚いた様子でした。自分のしたことをとても恥じていて、誰かに少しでも心配してもらえるとは思っていなかったのでしょう。

最悪なのはあの晩の出来事をなにもかも覚えていることだ、とライアンはいっています。その前の何時間かの記憶は曖昧だったり、完全に失われてしまっていたりするのですが、なぜかあの衝突についてはアルコールはほんの些細《ささい》なことさえ消してくれませんでした。まだトラックがぶつかったときのヴィンセントの顔を思い描けるんです。彼には、もし差し支えなければまた訪ねようといいました。

——考えてみれば、ミスター・クーチャーも実に寛大だ。どうやらそれは科学界に共通の特徴のようですね。むろんチーフ・レズニックは同行しなかったのでしょうね。

――ええ、いきませんでしたが、カーラの場合は事情が違います。彼女は……責任を感じているんです。それにわたしは、ライアンを許すとまでいうつもりはありません。彼がやったことは最低だと思います。またわたしは、彼が経験してきたことをなにもかも知っています。きっとそれは理解していただけるでしょう。

――それがふつうではない状況だということ、そして感情の高ぶりが予想されるということはわかります。ストレスがかかる状況では強く惹《ひ》かれる気持ちが高まりやすいことや、関連する喪失感も比例して増幅される可能性があることはわかります。また同じ状況下でも、あなたやミズ・レズニック、それにミスター・クーチャーなら誰も殺そうとしなかっただろうということも。ミスター・ミッチェルは同僚のひとりを殺そうとし、ひとりの陸軍兵士の命をそれと認識しながら脅《おびや》かし、近代史においてもっとも重要かもしれない試みを危険にさらしたのです。わたしは自分が完璧に理解していると信じています。

――あなたのおっしゃるとおりかもしれません。わたしはただ、それが彼のすべてではないと思うだけです。ライアンがやったのがいかにぞっとするようなことであろうと、あの日以外の彼の全人生を否定することはないでしょう。彼には家族がいます。彼を産み、食事を与え、風呂に入れた母親がいます。彼女は学校にいく息子に身支度をさせました。車でサッカーの練習に送っていきました。彼女が今回の件を白黒はっきり区別して見るとは思えません。彼女には無理です。わたしにもできません。そんな単純な言葉で彼のことを考えるなんて、お断りです。

以前あなたはライアンのことを、充分いい人間だと考えられた。そう、前のことは変わっていません。あの日までに彼がしたことはすべて、いまでも事実です。ライアンは自分がヴィンセントを傷つけただけでなく、たくさんの人生をめちゃくちゃにしてしまったとわかっています。彼はそのことを背負って生きていかねばなりません。それは充分罰になるとわたしは思います。

——おたがいの見解の相違を認めあおうではありませんか。わたしがここにきたのはミスター・ミッチェルについて話しあうためでも、彼が現在置かれている困難な状況に対するあなたの感情的な反応について話しあうためでもない。研究所で事故が起こったと報告があったのです。

——そういえるかもしれません。操作盤の研究は、ヴィンセントがいないので完全に止まっています。カーラは一緒に訓練する相手がいないので、落ち着きをなくしつつありました。アリッサがいってしまったいま、研究所はほんとうにがらんとした感じです。

――ミズ・パパントヌはどこへ？

――あなたはご存じだと思っていました。彼女の就労ビザが取り消されたんです。なにか専門的なことで。彼女は月曜にギリシャへ送還されました。

――それは残念ですね。才気あふれる科学者だと聞いていたのですが。

――ええ、たしかに。ですが相手が誰であれ、人とつながりを持つのには苦労していました。ここに誰か友だちがいたとは思いません。扱いにくい人物だったことは認めましょう。物事はこう行われるべきだという、ほんとうに強いこだわりを持っていました。ですが最近わたしたちが進歩を遂げてきたことの多くは、彼女の考えがもとになっていたんです。

――それは知りませんでした。

――そうなんです。二番目のパーツを見つけて以来、わたしたちの注意はすべてロボットそのものに集中していました。ヴィンセントが訓練できないので、アリッサはこの機会を利用して金属の研究に戻ってはどうかと提案したんです。すでにパーツが放射性物質に触れると作動することはわかっていますが、彼女はそれがパーツの素材と関係がないか知りたいと考えたんです。いずれにせよ、いまは研究所にはわたしたちふたりだけですから、わたしはアリッサが計画していたいくつかの実験をカーラの手を借りてやってみることにしました。

──わたしは少々混乱しているのですが。あなたは早い段階でその素材を冶金学（やきんがく）的に分析しなかったのですか？

──しましたよ、何度か。すべてのパーツは内部まで同質の金属のかたまりで、八十九パーセントがイリジウム、九・五パーセントが鉄、一・五パーセントがその他の重金属です。その合金の物理的な特性については、その気になれば朝まで話しつづけられるでしょう。そんなことはありえないとわたしたちが事実として知っているから、わたしがなにをいおうとなんの意味もないというだけのことです。この合金はほんとうなら十倍の重さがあるはずです。金属は装飾的な小さな模様の形に輝いたりしませんし、そのパーツを組み立てても間違いなく動きません。わたしたちの科学が語っているところでは、自分たちが見ているものは均質な金属のかたまりのはずなのに、複雑な機械が持つ物理的な特性をすべて持ち合わせています。

ですからわたしは、冶金学からわかる以上のことを見出《みいだ》すための実験を考案しようとしている最中なんです。少しあやふやに聞こえるのはわかりますし、そのはずです。事を進めながら考えをまとめているところなんですから。

まずパネルの一枚をプルトニウム238にさらし、その光出力を測りました。するとそのパーツは放射性物質で作動するだけでなく、それを吸収していることがわかりました――どのような種類の核エネルギーも吸収するようです。わずかな放射線にさらしてさえ、パネルの光出力は約〇・五パーセント増えました。

――あれはそうやって自ら動力を供給していると？

――わたしはそう推測していますが、興味深いのはそこではありません。わたしたちはもともと、パネルの一枚から分析のために微細なかけらを切り取ることに成功していました。その後、わたしがそれを透明な樹脂で覆っておいたのです。それは文鎮のように、ただわたしの机の上に載っていました。パネルの光度が増すことに気づいたとき、その物質がどの程度エネルギーを吸収できるか測ってみようと思いつきました。わたしはその破片を閉環境に入れ、直接プルトニウムに接触させました。するとその金属は放射線を吸収するものの、かなり急速に飽和状態になり、余分なエネルギーを放出する必要に迫られることがわかりました。

この放出の際に、それはとても強力な電磁パルス《EMP》を発します。そのせいで部屋にあった二台のコンピューターが停止しました。例のパーツが作動するときには同じ種類のパルスを発する可能性があります。トルコでカーラのヘリコプターが墜落したのはそのせいかもしれません。電磁パルスはなぜ彼女のエンジンが止まったかの説明にはならないでしょうが。いまではどういうことが起こるかわかっていますから、わたしは思いつくかぎりのことをなんでも観察するつもりです。それがほかの種類のエネルギーを吸収するかどうかも知りたいですからね。

——もし別の人間に言い古された表現でなければ、わたしはそれを魅力的だというでしょう。

——気に入っていただけて嬉しいです。ですがこれはまだまだ序の口です。ほんとうに、、、興味深いのは、それが強力なエネルギー場《ば》も発生させるということです。周囲にあるものを破壊するのに充分なほど強力な。

——「破壊」というのはどういう意味でしょう？　爆発のような？

——いいえ。なにも爆発はしません。そのまわりにあるものはただ……消え失せる、蒸気を出さずに蒸発するんです。そのときわたしはガラスの閉環境で実験を行っていました。するとガラスに完璧に丸い穴が開いたんです――外科医がレーザーを使ったような正確さで。灰も、破片も、消えた物質がかつて存在していた痕跡もありません。

――ロボット全体だと、どの程度のエネルギーを吸収できるのでしょう？

――かなりの量です。もしあの小さな金属片が直径三十センチの穴を開けるのに充分なだけのエネルギーを放出できるなら、何キロトンというその物質がいったいどれだけのエネルギーを呑みこめるものか、まるで想像もつきません。その近くにはどこにも、どのような機器も置けないことははっきりしていますが、ひとたびあの小さな破片から発するエネルギーを計測する方法を考え出せば、全体ではどのくらいになるか推定できます。

――あのロボットはミサイルや爆弾の直撃に耐えられるでしょうか？

――それは難しい問題ですね。通常兵器は熱も発生させますが、被害の大部分は運動エネルギーによってもたらされます。あれが運動エネルギーをどう処理するのか、わたしにはまったく見当がつきません。いくつか実験を行うことは可能です。大きなハンマーでパネルを叩いて光出力を計測するような、単純なものになるかもしれませんが。なにか思いつくでしょう。

わたしにいえるのは例のパネルの一枚から破片を切り取ろうとして、とてつもない圧力を加えたということです。どうすれば衝撃波が彼女に深刻な被害をもたらすことができるのか、わたしにはほんとうにわかりません。もし充分な威力があれば、仰向《あおむ》けにひっくり返すことはできるかもしれません。とにかく兵器には疎いものですから。

——あれは核爆発に耐えられると思いますか?

——わかりません。おそらくは。それより重要なのは、あの球体が外部で起こることからどの程度保護されるかだと思います。ロボット自体を破壊するのはほぼ不可能かもしれませんが、もしなかにいるものがみな死んでしまったら、そんなに意味はありませんから。いずれにせよ、もしロボットが核爆発を生きのびたら、それが発するエネルギーはどうにかして集束させられないかぎり、おそらくその爆発自体に近い破壊的なものになるでしょう。わたしが使用した破片はわずか数グラムで小指の爪より小さなものでしたが、直径三十センチほどの穴を開けました。わたしはいままさに、あれがどれほどの威力を秘めている可能性があるかを悟りつつあるところです。正直なところ、彼女のことが怖くなりはじめているんです。

——彼女はなんのためにつくられたのだと思いますか?

——いままでわたしは、あれが兵器である可能性が高い——それもきわめて強力な——という事実を無視しようとしてきました。ですがあれについて考えたとき、あんなに巨大なものを建造する理由は単純にいってほかにありません。あれには実用的なところはありません。すべて組み立てることができれば、その重さは七千メートルトンほどになるでしょう。彼女が踏んだものは、なんでも破壊されてしまいます。わたしが心配なのは、その十分の一の大きさでも一万の軍勢のなかを平気で歩いていけるのに、ということです。六千年前には、この大きさの兵器を正当化できるほど強力なものはいっさい存在しませんでした。とにかくこの地球上には。

——彼女にはそれだけの威力があると信じていると?

——頭さえ見つかれば、その答えはわかるでしょう。

——われわれは近々すべての答えを手にするでしょう。あいにくそれを手に入れるためには、海に潜る必要があるでしょうが。

——その可能性は考えていました。そうでないことを願っていたんです。わたしには水中でうまくARCANA化合物を拡散させられませんから。新しい散布方式を開発するには何カ月もかかるでしょうし、すべての海をくまなく調べるにはさらにずっと長い時間がかかります。どんな仕組みを開発しようと拡散速度が水中ではずっとゆっくりになるだろうということは、もうわかっています。潜水艦のようなゆっくりした乗り物を使えば、なにかが見つかるまでに何十年もかかるかもしれません。希望的観測かもしれませんが、誰であろうとあれを埋めたものが水を恐れていたことを、わたしは心から願っているんです。

──あなたは誤解していますね。わたしはその頭がある正確な位置を知っている、といったつもりだったのですよ。それは海の底にあるのです。ベーリング海の。

ファイル番号一四三

アメリカ海軍大佐、ディミトリウス・ルークとの面談

場所：ワシントン州キトサップ半島、バンゴール海軍潜水艦基地

――お名前と階級をお願いします。

――アメリカ海軍大佐、ディミトリウス・ルーク。

――現在就かれている任務は？

――USSジミー・カーター（SNN‐23）の指揮を執っています。

――もしわたしがその呼称を正確に理解しているなら、それは攻撃型原子力潜水艦ですね。

――はい、閣下。シーウルフ級です。

――どのくらい指揮を執っておられるのですか？

――十月で五年になります、閣下。

――わたしは軍の人間ではありません。「閣下」と呼ぶ必要はありませんよ。

――ではなんとお呼びすれば？

――いや考えてみれば、「閣下」で問題ないでしょう。どうかご自身の言葉で、八月十七日の朝に起こった出来事について述べてください。

――承知しました。われわれはUSSメインとともにバンゴール基地を出航しました。あちらは弾道ミサイルを搭載したオハイオ級です。われわれはアラスカのケチカンにある南東《SE》アラスカ音響測定機関《AFAC》へ向かっていました。海軍長官《SECNAV》から通信を受け取ったとき、われわれは一週間の探知演習中でした。

——海軍長官のオフィスから通信を受けたと。

——いいえ。海軍長官ご自身からという意味です。

——海軍長官というのは、しばしば潜水艦の艦長に直接連絡してくるものなのですか？

——いいえ、そんなことはありません。それ自体珍しいことでした。そしてあのかたの命令は、間違いなくふつうではありませんでした。われわれはベーリング海でロシアの潜水艦二隻を妨害し、なんであれ現場で見つけたものを確保することになったのです。敵対行為は可能なかぎり避けることになっていましたが、もし必要があれば実力行使をする許可を与えられました。

海軍長官と話されたことがあるかは存じませんが、あのかたはとても声の大きなかたです。とても太い声でゆっくりと話されます。どのような内容であろうとあのかたのいわれることを誤解するのは実際不可能なのですが、とにかくわたしはもう一度繰り返してくださるようお願いしました。第二次世界大戦以降、潜水艦の艦長があのような言葉を聞いたのは初めてだと思います。

まずわれわれはひとりの陸軍准尉《じゅんい》を相談役として乗艦させるため、バンゴールに戻らねばなりませんでした。美人の女の子です。そこからわれわれは西へ向かいました。最高速度で約六十時間の航海です。

准尉の話では、われわれは新しい種類の動力炉――ロシア人の手に渡すわけにいかない、なんらかの新しい核分裂技術を用いた――を回収しに向かっているのだということでした。どうやらアラスカの秘密基地へ向かう途中で事故があり、海中に投棄しなくてはならなかったようです。彼女はヘリで船を護衛していて、その装置に詳しいとのことでした。ですからわれわれは彼女を乗艦させなくてはならなかったのです。

准尉はただちに発令所に案内するよう求めました。部下の中尉のひとりが目的地に着いたらすぐ呼びにやるからといったのですが、彼女は強く要求しました。ちょっとした言い合いがあり、わたしの副官が仲裁しなくてはなりませんでした。最初はあまり深く考えていませんでした。彼女は閉所恐怖症にかかっているのだろうと思ったのです。初めて潜水艦に乗った人間には珍しいことではありません。窮屈な空間、小さなドア、低い天井――なかには順応するのに苦労するものもいます。そのせいで怒りっぽくなるものがいても不思議はありません。わたしは彼女に少しガス抜きをさせて、そっとしておきました。

――彼女を発令所へ連れていったのですか？

——いいえ、すぐには。目標地点まで十二時間ほどのところで呼びにやりました。彼女は冷静で、落ち着いているように見えました。われわれはアラスカ半島をまわりこみ、ダッチハーバーから北を目指しました。十五キロメートルほど進んだとき、われわれのソナーが三つの物体をとらえました。小さな崖の下にアクラ級の潜水艦が横倒しになっていました。艦は機能停止しているようでした。アクラの西六百メートルほどのところにはサンクトペテルブルクがただじっとそこにいて、こちらを見つめていました。

——サンクトペテルブルクというのは？

——ラーダ級潜水艦。一番艦です。ほんとうに静かなのです。そういう種類のことをするために設計されました。潜水艦を吹き飛ばすとか、基地を防御するとか、その手のことのために。きっとそのアクラから応答がなくなったときに派遣されたのでしょう。なんであれサンクトペテルブルクは自らが護衛しているもの、その「原子炉」に、断固としてわれわれを近づける気はないようでした。

——それが動力炉だったとは思われないと？

――わたしはそれについて発言できる立場ではありません。それは直径十メートル強の大きな物体で、サンクトペテルブルクと機能停止したアクラのあいだにありました。ソナーによれば金属製でした。われわれがさらに接近しようとすると、サンクトペテルブルクはわれわれと目標物のあいだに陣取りました。

われわれは停止しました。USSメインがロシアの潜水艦の向こうにまわりこもうとしました。二隻で対応すれば相手が逃げ出すかもしれないと期待していたのです。彼女は逃げませんでした。鼻面をまっすぐわたしたちに向けたまま、魚雷発射管に注水を行いました。

――それであなたはどうされたのですか？

――なにも。USSメインは停止しました。われわれは待ちました。潜水艦というのは動きがゆっくりで、小回りが利かないものなのです。われわれがすることの多くは、ただじっと待つことです。それがわれわれの得意技です。

――もし必要なら攻撃するよう指示を受けていましたね。

――わたしは必要ないと思いました。それに粉々に吹き飛ばされる心の準備も、まったくありませんでした。やろうと思えば相手を沈めることはできたでしょうが、向こうが手持ちの魚雷をすべてこちらに向かって発射する前に沈めるのは無理です。

――どのくらい待ったのですか？

――ほぼ一日。さっきも申し上げたように、われわれは待つのが得意なのです。翌朝われわれは、ロシアのコルベット艦が航行中であることを警告する極低周波をとらえました。それは九十分もたたないうちに到着すると思われました。われわれはすばやく行動する必要に迫られたのです。コルベット艦は対潜水艦戦の装備を充分備えています。間違いなくその目標物を載せるか引くかして、持ち去ってしまうでしょう。

わたしは注水を行い、こちらの魚雷発射管を開くよう命じました。そしてわれわれは水中通《ガート》信機《ルード》を使い、USSメインにも同じようにするよう伝えました。ロシア側は同種の反応を示しました。異常なことが起こったのはそのときです。われわれが乗せている陸軍のお客が、浮上してロシア人に警告するよう提案したのです。われわれは誰の手にも渡らないうちに、その物体を破壊すると。

――そうしたのですか？

――いいえ。そんなことをするつもりはありませんでした。コルベット艦が接近中でしたから。すると彼女がわたしに、それを実行するよう頼んできたのです――命じたといったほうが、言葉の選択としては正しいでしょう。「いいから発射しなさい！」准尉はいいました。「積んであるものを全部！」

わたしが受けた命令はその物体を回収し、もし必要ならロシア人たちを攻撃することであって、回収しにきたまさにそのものを破壊することではありませんでした。当然わたしは拒否しました。彼女はわたしに、目標物は壊れないが爆発の勢いでロシア艦が押し戻されて、騎兵隊が到着するのに充分な時間を稼ぐことができると請けあいました。わたしには味方の船がこちらに向かっているという確信さえありませんでした。そこで反論すると、ばか呼ばわりされました。

――あなたはどう反応されたのでしょう？

――「きみは正気ではない」たしかそう言い返しました。そして、ただちに思いとどまらなければつまみ出すといいました。すると准尉は、思いもよらない発言だったので一言一句記憶しているのですが、指揮を執る立場にあるもの全員に間違いなく聞こえるような大声で、こういったのです。「この船の指揮権は当然、合衆国大統領によってわたしに与えられた権限の下にあると考えている」と。

——肝が据わっていますね。

——そういえるかもしれません。わたしはただちに警備を呼んで、先任伍長《ごちょう》に准尉を逮捕するよう求めました。副長が彼女の腕をつかみ、それからのことは少し記憶が曖昧です。あまりにも展開が急で。彼女は副長にアームロックをかけて、彼の頭を制御盤に叩きつけました。ふたりの武装した警備係将校が発令所に到着しました。彼女はひとりにまわし蹴りを食らわせ、掌《てのひら》でもうひとりの鼻を折ってから膝蹴りを見舞って投げ飛ばしました。きっと准尉は男たちのひとりからピストルを奪い取っていたのでしょう。というのも次に気づいたときには、彼女の腕がわたしの喉に巻きつき、こめかみに銃を突きつけられていたからです。彼女は部屋全体を見渡せるように、そのまま壁際までさがりました。

さらに四人の武装した男たちがドアから入ってきました。多くの怒声が飛び交いました。部下たちが落ち着きを失いかけているのが感じられたため、わたしはみなに武器を下ろすよう求めました。何度か繰り返さなくてはなりませんでしたが、最終的には彼らは従いました。わたしは准尉に、次はどうするのかと尋ねました。彼女はわたしにふたつの選択肢を与えました。彼女の望みどおりその物体に向かって魚雷を発射するか、彼女の指示の確認を取るために浮上するかです。准尉の動機はきわめて疑問でしたが、その決意のほどに疑いの余地はありませんでした。わたしは間違いなく頭を吹き飛ばされるでしょう。しかしそのような状況下でもかなり落ち着きを保っている彼女の様子に、わたしは相手が完全に正気をなくしているわけではないと信じるほうを選びました。

わたしは准尉に、コルベットがわずか数分の距離にいるときに浮上するのは無理だが、もしUSSメインがサンクトペテルブルクにずっと狙いをつけているなら、われわれの魚雷を発射しようといいました。ただし銃を頭に突きつけられてやるつもりはないと。彼女はわたしを解放しなくてはなりませんでした。

——彼女はあなたを信じたのですか?

——わたしは海軍将校として約束したのです。わたしは准尉から銃を取り上げました。副長が彼女を殴って気絶させ、その過程で鼻が折れたと思います。兵たちは彼女を営倉《えいそう》へ引きずっていきました。

――あなたは発射したのですか？

――約束でしたから。われわれはその物体に向けて魚雷を二発発射しました。どちらも直撃しました。

――なにが起こりましたか？

――なにも起こりませんでした。そう、まったくなにもというわけではありませんが、あなたが予想されるようなことは。魚雷が爆発したとき、われわれは直後に襲ってくるであろう衝撃波に備えて身を引き締めました。標的にかなり近づいていたのです。エンジンが静かになり、すべての明かりが消えました。聞こえたのは圧力を受けた船体の金属が悲鳴をあげる音だけでした。艦はゆっくりと上向きに、そして横向きに傾きはじめ、全員なにかにつかまらねばなりませんでした。六時間ほどそんなふうに漂ったあと、なにかが船体に張りつく音が聞こえました。われわれは一度に十二名ずつ、救助用の潜水艇に乗り移りました。

結局われわれのあとからは、たくさんの船が派遣されていたのです。フリゲート艦が何隻か、駆逐艦が二隻、それに巡洋艦が一隻。すべてが起こったとき、彼らは数分の距離にいたにちがいありません。救助用の潜水艇の窓からはサンクトペテルブルクを見ることができました――

実際にはその影を。背後には大量の青みがかった光が輝いていました。艦の船尾はなくなっていました。爆発したような感じはなく、ほんとうにきれいに断ち切られていました。あのように切るにはレーザーかブローランプが必要でしょう。救助用の潜水艇がロシア人たちを助けに出ていきました。彼らはついていていました。船尾が切り落とされたとき、後部区画は密閉されていたのです。死者はふたりだけでした。

わたしは巡洋艦の乗組員に尋ねました。「アクラはどうなった?」彼らはぽかんとしてわたしを見つめるばかりでした。われわれが到着したときにはアクラ級の潜水艦が一隻海底に沈んでいたと納得させるには、何人かで証言しなくてはなりませんでした。ひとつたしかなのは、それがもうそこにはなかったということです。パッと! 魔法のように。残骸はなく、破片も浮かんでおらず、それがかつてそこに存在したことを示すものはなにもありませんでした。

——陸軍准尉はどうなりました?

——二度と彼女を見ることはありませんでした。軍法会議にかけられることになるだろうと聞かされました。きっと准尉は正しかったのです。つまり、彼女の指示はということですが。

——いまあなたは、彼女が軍法会議に……

――わたしは今回のことはいっさい起こらなかったのだと、はっきり念押しもされました。起こらなかったなにかのために、彼らが誰かを裁判にかけるとは思いません。

――あなたはいつもそのように皮肉屋なのですか？　ご自身が聞かされたことの多くを疑っておられるようだ。

――わたしにいわせれば、ばかげたことばかりです。情報部の連中ときたら。彼らはああいうほんとうに現実離れした話をひねり出し、われわれが質問しないからというだけで、ほんとうに真《ま》に受けていると考える。自分たちが話している相手が、質問をしないよう訓練された人間だということを忘れているのです。わたしにいわせれば、ただなにもいわないでいてくれたほうがよかった。嘘をつかれるよりは、まだ侮辱の程度はましですから。

――わたしがあなたに嘘をついていると思っておられると？

――そうはいいにくいでしょうね。あなたからはなにひとつ伺っていませんから。ですがやってみましょう。わたしが撃ったのがなんだったのか、教えていただくことはできますか？

あれはまさに准尉がいったとおり、破壊されませんでした。船に積みこんでいるときにクレーンに引っかけられているのを見ましたが、なにかの黒いシートに覆われていました。わたしはあれに魚雷を二発……

——仮に少し時間をいただければ、わたしはあなたに——なんというか——別の話をお聞かせすることができるでしょう。あなたがその話をあまりにばかげていると思い、自分が魚雷を発射したのは海に沈んだ試作品の原子炉だったのだと確信してこの部屋を出ることになるのは請けあいます。ですからおたがいの時間を節約して、そっとしておきましょう。わたしがあなたにいえるのはこういうことです。あなたは重要なことをされました。

——ありがとうございます。わたしがほんとうに聞きたかったのは、それだけだと思います。ところであの准尉ですが、いつか彼女と握手したいものです。彼女は根性があった。

——あなたがよろしくいっていたと伝えましょう。

ファイル番号一六一

アメリカ陸軍三等准尉、カーラ・レズニックとの面談

場所：コロラド州デンバーの地下施設

――わたしはもう耐えられません。毎日ずっと、彼が死ぬのを見守っている気分です。彼は気を失っていなければ、激痛にもだえているんです。四六時中あんなひどい痛みに耐えるなんて、誰にもできません。これだけ長く持ちこたえているのは驚きです。

――彼は歩くことができるのでしょう？

――いいえ！　できません！　あれを歩いているとはいえませんよ。あなたやわたしは歩いています。彼はかろうじて二歩進むと、全身を震わせはじめます。それから倒れこんで――わたしたちに気を使わせないために――実際ほどは痛くないふりをするんです。今日は三回起こしてやらなくてはなりませんでした。誰もそれ以上苦しませたくないので、なにもいいません。

――もしあえていうとしたら、彼らはなんというでしょう？

――とにかく彼には充分なだけの筋肉が残っていないんです。

――薬は飲んでいるのですか？

――きちんと飲んでますよ。でもヴィンセントの肉体は筋肉増強剤に順応しています。例の医者は、彼の耐性は増しつづけるだろうといっています。

――新しい薬が見つかるでしょう。

――ずっと試験的な薬を大量に投与しつづけるわけにはいかないでしょう。もう充分薬漬けになっているんですから。

――苦しませておくほうがいいというのですか？

――苦しむ必要はありません。あんなものは体から取り出して、休ませてやるんです。準備ができれば義足を使った歩き方を覚えられます。

――もしミスター・クーチャーが脚を失えば基本的にこのプロジェクトはおしまいだということに、あなたは気づいています。数週間、彼にいくらか苦痛を味わわせずにすむために、彼がやった仕事、自分がやった仕事を全部投げ出すつもりだというのですか?

――数週間じゃありません。それにもしそうしなければ彼が死ぬのを見守ることになるなら、ええ、わたしはあきらめます。わたしたちは彼を殺しかけているんですよ! それにヴィンセントが脚をなくしても、プロジェクトを終わりにする必要はないでしょう。誰か別の人間のためにヘルメットを作動させる方法を探せばいいんです。腕で操作できるような操縦装置を取りつけることもできます。彼を痛めつけなくてもできることは、たくさんあるんです。ではこれは? いまわたしたちは彼になにをしているんですか? とにかくこんなのは間違ってます。

――ドクター・フランクリンの話では、われわれがあのヘルメットの背景にある科学技術を完全に理解するには、数十年――数世紀とはいわないまでも――かかるということです。それにこれも指摘しておきたいのですが、あなたとミスター・ミッチェル――ミスター・クーチャーよりはるかに体格に恵まれた――があの球体のなかで数えきれない時間を過ごしても、彼女を数歩しか歩かせることができませんでした。ミスター・クーチャーが手でロボットの脚を操縦し、程度はどうあれ効率的に操作盤を操作できるだろうなどと、本気でいっているのではないでしょうね。そんなことをすれば彼の命を、そしてあなたの命を危険にさらすことになるでしょう。ミスター・クーチャーは大人の男ですよ。なぜ彼に自分で決めさせてやらないのですか？

――それはだめです。もしあなたが彼に選ばせれば、もちろん新しい薬を取るでしょう。ヴィンセントはプロジェクトを軌道に戻すためならなんでもします。

――なかにはそれを献身と呼ぶものもいるでしょう。わたしには別に問題だとは思えませんね。

――めちゃくちゃになっているのは彼の肉体だけじゃありません。彼は変わりました。

――落ちこんでいるのですか？

——いいえ、まったく逆です。この試練のおかげで物事が違って見えるようになったという
んです。あらゆる些細なことにどれだけ感謝しているかと、わたしたちにいいつづけてます。
わたしと一緒に会ってみられるべきですよ。彼は親切で……思いやりがあります。そのことが
わたしは怖くてたまりません。

——人が悲観的な状況に肯定的な側面を見出すのは、珍しいことではありませんよ。

——それはわかります。以前にも聞いたことがあります。「人生はわたしに大きな教訓を与
えてくれている」、「いまわたしは人生でなにが重要かに気づいている」。ときにはたしかにも
っともだと思うことさえあります。でもこれはなにかおかしい。ヴィンセントらしくないんで
す。彼は神経衰弱に陥る瀬戸際で、できるかぎり長く正気を保っているための方法を探してい
るんだと思います。

——あなたが友人を心配するのは親切なことですが、正直なところわたしは、彼が肉体的に
も精神的にも驚異的な進歩を遂げている最中だと信じています。肉体的な進歩といえば、あな
たの鼻の治り具合はどうです？　まだ息がしにくいですか？

――友人を心配するのは親切なこと……？　ときどきあなたはご自身の言葉に耳を傾けられるべきですね。わたしの鼻は大丈夫です。眠っているときにはまだ口で呼吸をしなくてはなりませんが、よくなっています。もし傷を消したければ整形手術が必要だろうといわれました。自分でもそれを望んでいるのかよくわかりません。ヘルメットが鼻のところまでくれば美容整形手術を受けずにすんだのに、残念なことです。

――あなたは大胆な行動を取りましたね。撃たれていたかもしれないのに。彼らはあなたを撃つべきだった。どれほど危険な状況だったか気づいているのですか？

――わかっています。わたしが計画していたのとはなにもかも違っていました。彼らはわたしたち全員を殺させてしまうか、ロシア人に頭部を渡してしまおうとしていたんです。いままで本気で死ぬのが怖いと思ったことは一度もありませんが、最後のパーツにあそこまで近づいておきながら逃してしまえば、とんでもなくばかみたいな気分になったでしょう。あれは予測された危険だったと自分に言い聞かせていますが、ほんとうは本能のままに行動したんです。彼らのせいで頭にきただけです。

――あなたのことだから衝動的に反応しても意外ではありません。わたしが興味があるのは、どうしてあの頭は壊れないとわかったのかということですよ。

――経験にもとづく推測、と呼んでもらってけっこうです。わたしがドクター・フランクリンの実験を少し手伝っていたのはご存じでしょう。もしちっぽけな金属の破片が大量のエネルギーを吸収できるなら、当然あれだけ巨大なものは魚雷を二発食らっても耐えられるだろうと思ったんです。わかります。そんな賭《かけ》はわたしの責任でやることではないとおっしゃるんでしょう。なにもかも台なしにしていたかもしれないと。

――その手のことはなにもいうつもりはありませんよ。わたしはあなたがそういう人間だから選んだのです。そして同じ理由から、あなたをあそこへ派遣した。率直にいって、わたしでも発射していたでしょう。しかしどうしてそれが潜水艦の機能を停止させるとわかったのかには、興味がありますね。もしわたしの理解が正しければ電磁パルスは水中では伝わらないし、もし伝わっても潜水艦はそれから守られそうなものです。

――そのことは考えましたが、ＥＭＰはわたしのヘリコプターにもなんの影響も及ぼさないはずでした。電磁パルスには耐えられるようになっていたんです。それでもそれはわたしのエンジンを二度、完全に停止させました。なんであろうとあれが発するものはたちが悪い。それにもし潜水艦には効果がなくても、爆発の衝撃波が少なくともロシア艦を押しのけていたかもしれません。

――もう一隻のロシアの潜水艦はまだ捜索中です。

――乗組員には申し訳ないことをしました。あれが彼らの船を破壊するとは思っていなかったんです。

――消すというほうが、よりふさわしい言葉かもしれませんね。あとに残ったのは崖の側面に開いた三日月形のくぼみと、ひどくうろたえた何人かの船乗りだけでした。

――彼らが帰ったときに、なにが起こったか報告しないでしょうか？

――なにを報告できるというのですか？　もう一隻の潜水艦はそこにいて、それからいなくなった。その場には彼らの船がいたから、われわれが立ち去ったときに潜水艦と一緒でなかったことはわかっている。大事なのはわれわれが頭部を回収したということです。あなたたちはもうそれを取りつけたのですか？

——いいえ。包みを解いてもいません。ドクター・フランクリンは頭を取りつける前に、できることを全部試させたがっているんです。もし最初にホログラムで結果を見ることができれば、彼女が起動したときに事故が起こるのを避けられますから。

——あなたたちは好奇心に負けるだろうと思っていたのですが。

——そうですね、わたしなら負けていたでしょう。復帰したらすぐにあれを取りつけていたでしょうね。少なくともそれが作動するかどうか、わかるわけですから。そのときヴィンセントがいきなり、しばらくのあいだ以前の彼に戻ったんです。彼はこういいました。「あのボタンのひとつは自爆のためのものかもしれない」と。また彼らしさがちらっと見えたのは、いいものでした。あの事故以来、ヴィンセントの目つきは以前とは変わってしまっていましたが、それでも一瞬、かつてのようにわたしを見たんです。もちろんわたしには、それに対して気の利いたことはなにもいえませんでした。わたしたちはみな、ヴィンセントがよくなるまでは操作盤に取り組むことに同意しました。

自爆ボタンは見つかりませんでしたが、彼女をばらばらにするコマンドは見つかりました。操作盤の左上に小さなボタンがひとつあって、それを充分なだけ長く押せば、彼女は腕を体の横に沿わせた状態でうつぶせに横たわり、すべてのパーツが分離するんです。少なくともホログラム上では。球体は水平を保っているでしょうから、そのてっぺんにわたしたちが脱出するためのハッチがきますが、どうすればそこに手が届くのかはわかりません。

——なにか武器は見つかっているのですか？

——いいえ、まだです。ですが操作盤上ですべての配列を試すにはまだ何週間もかかるかもしれませんし、操作のなかにはホログラム上ではなんの影響もないように見えるものもあります。それらがあなたの武器かもしれません。

——わたしの武器？

——つまりわたしがいいたいのは……。現時点でわたしたちにわかるのは、どうすれば彼女が動くかだけです。もし彼女の目から青緑色の小さな稲妻を発射するボタンがあるなら、それが現実に可能になるまではわからないだろうということです。もしヴィンセントが充分体力を回復したら、わたしたちはいったん彼女を組み立てて、そうしたことを解明しなくてはならないでしょう。

——彼が体力を回復したら、というのですね。

——ええ、そういったつもりです。彼に無理強いしないと約束してください。

——まるでわたしがどうにかして彼を操れるような言い方ですね。わたしには本人が望まないことはなにも無理にやらせることはできませんよ。

——ところがあなたにはそうとはいえないところがあって、それが問題なんです。ヴィンセントはあなたの言葉に耳を傾けます。なぜかは尋ねないでください。なぜ彼があらゆる人々のなかであなたを信頼するのか、わたしにはどうしてもわかりませんが、とにかくそうなんです。その信頼につけこまないでください。

——ミスター・クーチャーが、わたしがいわざるを得ないどんなことよりもあなたやドクター・フランクリンの意見に信頼を置くだろうということは、おたがいわかっています。そうではないような言い方をするのは、単純にいってきわめて不合理ですよ。

――いいえ、ヴィンセントはわたしたちを信頼しています……わたしについてはほぼ全面的に信頼してくれていますが、わたしが、そしてドクター・フランクリンが彼のことをどれだけ心配しているかもわかっています。わたしたちが常に心底彼のためを思うだろうとわかっています。奇妙なことに彼はあなたの……客観性を、より信頼しているんです。

――あなたはわたしが客観性を失っていると思っているのですか?

――失っている? いいえ。そもそもわたしは、あなたがほんとうに少しでもそんなものを持っているとは思っていません。誰であれこんなプロジェクトに携わることができた人間がどうすれば客観性を保てるのか、わたしにはわかりません。ドクター・フランクリンは科学者です。もし客観的でいられるものが誰かいるとすればそれは彼女のはずですが、彼女はロボットではないし、好奇心旺盛《おうせい》で、自尊心もあります。やる気をかきたてるもののせいで、ある種の物事に対しては盲目にならざるを得ません。同じことはわたしにもいえますし、あなたにはどう見てもいえます。あなたには自身の重要課題があり、そのためなら進んで最後までやり抜くつもりがある。あなたが個人的な利益のためにこの件に関わっているといっているのではありません――多くの面であなたの動機は、実際ほかの誰よりも利己的ではないかもしれないと思います――が、だからといってあなたの考えが偏っていないということには少しもなりません。

あなたとわたしの唯一の違いは、ことヴィンセントに関していうと、もしこれがやれなければ彼がどうなろうと、あなたにはほんとうにどうでもいいということです。これは客観性ではありません。

——あなたがわたしの動機に疑問を持つかもしれないことは受け入れられるし、理解すらできます。誠実さに疑問を持たれて反論しないほうが、より難しいものですね。これまでわたしがあなたに嘘をついたことがありますか？

——間違いなく何度も。とにかく彼には嘘をつかないでほしい。わたしがお願いしているのはそれだけです。

——わたしは気分を害するべきなのでしょうね。あなたはこれまでミスター・クーチャーに、わたしがなんらかの形で彼を欺いたことがあると思っているか尋ねてみようと考えたことはあるのですか？　彼はきわめて知能の高い若者だ。あなたやわたしがそうなりたいと願うことすらできないほどの。

——またそんなことを。一瞬でいいから正直になってください。もしヴィンセントが、「いいえ、もうぼくはこんなことはやりたくありません」といったら、あなたは彼に無理やり続けさせようとはしませんか？　彼を操ったり、無理強いしたり、なんらかの方法で脅そうとはしませんか？

——いま現在、話の流れを巧みに操作しているのは誰でしょうね？　この問いにはふたつの答えが考えられます。ひとつはあなたが信じようとしないでしょうし、もうひとつはわたしを無慈悲で邪悪な人間にしてしまうでしょう。ですからわたしは無慈悲で誠実さに欠けるか、あるいは誠実だが相変わらず無慈悲で邪悪かのどちらかに見えることになります。考えられるどちらの最善な答えを選んでも、わたしが危険で口のうまい揺すり屋だと認めることになるような問いを、あなたはつくり出してきた。もしわたしがそれに答えてあなたを満足させなくても、許してもらえるでしょうね。

わたしにとっては幸いなことに、あなたの問いは完全に推測によるものです。ミスター・クーチャーはこれまでに幾度か、それもわれわれのどちらに対しても、自分にできるどのような形ででもこのプロジェクトの力になりたいと強く望んでいることを示してきました。もし将来のある時点で彼の気持ちが変わってこの事業から手を引きたいと望めば、そのときあなたはほんとうに重要な唯一の答えを得るでしょうし、わたしがなにからなにまであなたの描いたとおりの人間かどうか、われわれは知ることになるでしょう。それまでは、ミスター・クーチャーにとって必要なことや彼が求めていることを本人以上にわかっていると決めてかかるのはやめて、あなたが愛しているという男の望みに敬意を払い、尊重してもらいたいものです。

ファイル番号一八二

私的記録――ローズ・フランクリン博士

場所：コロラド州デンバーの地下施設

「世界が同じでなくなることは、わたしたちにはわかっていた。一部のものは笑い、一部のものは泣き、たいていの人々は沈黙した。わたしはヒンドゥー教の聖典、バガヴァッド・ギーターの一節を思い出した。ヴィシュヌが王子を説得して己の務めを果たさせようとしている場面で、彼に感銘を与えるために腕がたくさんある姿を取って現れ、こういうのだ。『我は死なり、世界の破壊者なり』おそらくわれわれはみな、なんらかの形でそんなことを考えていた」

これはわたしの言葉ではない。実のところ、正確に引用するために調べなくてはならなかった。ほかのみなと同様、わたしも「我は死なり、世界の破壊者なり」というところしか知らなかった。優れた引用文は美化されがちだし、わたしはいつもオッペンハイマーが核爆発のキノコ雲を見つめながらこれらの言葉を口にしているところを想像していた。実際に彼がこう語ったのは、一九六五年に放送されたＮＢＣのドキュメンタリー番組のためのインタビューを受けていたときだった。彼には考える時間が二十年あったのだ。

ここ数日、わたしはオッペンハイマーとマンハッタン計画のことをじっくり考えてきた。わたしは爆弾をつくってきたわけではないが、とても単純な事実を無視するのが次第に難しくなりつつある。

わたしは兵器を、それも恐ろしい兵器をつくっているのだ。だが、わたしがそのことから隠れているというのは事実ではない。それから隠れられる場所などない。わたしはほとんどの時間を、それがどれほど破壊的なものになりうるかを理解することに費やしている。平和の手段になる可能性もあることには気づいているが、公正さと理解によって達成される種類の平和ではないだろう。それは殺人マシンになるようつくられた、誰も手向かいしないような力と能力を持つ兵器なのだ。

それは機能する。わたしはそれを恐れている。毎晩夢に出てきて忘れさせてもらえない。わたしたち全員がそうだ。わたしの朝の出勤時間はどんどん早くなっているが、それは眠れないせいか、どんな夢であるにせよ見ていた夢に戻りたくないせいのどちらかだ。そして出勤すると、そこには必ずすでに誰かがいるか、数分後には現れる。誰も触れたがらないが、わたしたちはみな、自分たちが同じことを経験しているのがわかっている。

わたしが見る夢はたいてい同じだ。彼女がこちらを見下ろして立っていて、それから片膝をつき、わたしの頭の数十センチ上まで顔を持ってくる。彼女は鮮やかな目もくらみそうな青緑色の目で、わたしを見つめている。いまにもしゃべり出しそうだ。そこでわたしは汗をかいて目を覚ます。

昨日のことがあったから、二度と同じ夢を見ることがないのはわかっている。わたしたちはついに頭を見たのだ。

誰もがそれを見たくてうずうずしていた。それは黒い防水シートに包まれて、ただそこに置いてあった。カーラがのぞき見しようとしているところを、わたしはほぼ一日一回つかまえていた。やろうと思えばあっさり包みを解くことはできたが、彼女をじらすのがあまりに面白すぎてそのままにしてあったのだ。よくカーラはシートが魔法のように落ちるのを期待して、二十分ほどそのまわりを歩きまわったものだ。それから腹立たしげに立ち去った。

昨日の朝、わたしはヴィンセントを車椅子に乗せて連れてくると、カーラにそのときがきたと告げた。わたしたちは頭にかけてあったひもを外してシートをどけた。彼女はすばらしかったが、わたしが予想していたのとはまったく違っていた。

彼女は薄い唇と、とても小さな鼻を持っている。顔の造作はすべてが小ぶりで繊細だ。無邪気だが控え目な子どものように見えるといってもいい。わたしの頭に浮かぶのは、慎ましいという表現だ。

髪なのかとても手の込んだヘルメットなのかは判断がつかないが、彼女の頭は複雑に彫られた波打つ棘《とげ》で覆われている。そしてその棘のあいだから青緑色の光が染み出している。なかには前にのびて頬や額にかかっている棘もあり、そのほかのものは背中の鎧《よろい》に向かって後ろになでつけられている。額から生えている何本かの棘は合わさって、後頭部に斧《おの》の形をした付属物を形成している。

彼女の包みを解いたとき、夢で見たのと同じような鋭い目で見つめられるのではないかと思い、正直なところひるんでいたのだが、そんなことはなかった。目がくらむような光、凝視、目はなかった。

彼女には目がなく、それがあるべき場所には小さなくぼみがあるだけだ。その様子にはとても心を乱される。ほんとうのところ、こちらの存在にいったいどうやって気づくのだろうと不思議に思わずにはいられない。わたしが自分で組み立てたのだから、彼女がなにかに気づくことはいっさいないのはわかっている。だが彼女にはなにか……存在感がある。そこには見かけ倒しのトースター以上のものがある、とわたしは思う。それに人の形をしたなにかを擬人化しているといって、わたしが責められるいわれはそれほどないはずだ。とにかく彼女が夜のあいだそっとしておいてくれるかどうかは疑わしいが、わたしを怖がらせる別の方法を見つけなくてはならないだろう。

わたしたちはその頭を持ち上げるのに、クレーンを二台使わなくてはならなかった。頭を取りつけたとたんに部屋全体が振動しはじめた。彼女の全身が一瞬強《こわ》ばり、それからなにもかもが正常に戻った。わたしはカーラに、無線機をつかんでエレベーターに乗り、球体のなかに入ってくれるよう頼んだ。

　カーラがなかに入って自分の操縦席に体を固定した。わたしは右腕をゆっくり動かしてくれるよう頼んだ。それはすばらしい見物だった。彼女が動いている！　あれだけのことがあったあとで、わたしたちはついに彼女を作動させていた。わたしたちは彼女の両腕を動かし、頭を回転させた。彼女は保管用の木枠を拾い上げるために、身を屈《かが》めさえした。ほんとうに優雅で、その動きは繊細だった。あんなに滑らかな動きは予想していなかった。もちろん指で木枠を押しつぶしてしまったが、それは解決可能な課題だ。カーラ自身、それほど繊細なたちではない。

　今日わたしたちは武器を見つけた。そのことはまだ、わたしたちの名無しの友人には話していない。彼にはじきに知られてしまうだろう。わたしはただ、最初からこうなるのを待っていたわけではないというふりをする楽しみを、彼に与えたくないだけだ。見つけたのは偶然だった。いつか兵器が見つかることは予想していたが、こんなに早いとは思っていなかったし、ずっとそれはレーザーか殺人光線か、なにか未来的なものだろうと思っていた。ひょっとしたら映画の観すぎというだけのことかもしれない。予想とは違い、わたしたちのお嬢さんは保守的だ。彼女は剣と盾を持っている。

　どうやら彼女は接近戦のためにつくられたようだ。なにと戦うことを想定されていたのかはわからないが、相手はきっと大きなものにちがいない。その剣は集束エネルギー兵器だ。ライトセイバーのようなものだが幅広の両刃で、中世の剣に似ている。「スターウォーズ」と「ロード・オブ・ザ・リング」の出会いだ。それはほかのすべてと違って青緑色ではない。とても、まばゆいばかりに真っ白だ。ほとんどじっと見ていられないくらいに。

ほんとうに「クール」なのは――近頃わたしは――この言葉を連発しているようだ――その長さを操作盤の目盛りで調節できることだ。ヴィンセントはその機能に六十四段階ある――一がいちばん短く、六十四がいちばん長い――ことをつきとめた。いちばん短い設定だと、ほとんど短剣のようだ。いちばん長いと……六十四を試したとき、わたしたちは床に大きな穴をこしらえてしまった。以来、わたしたちはそれで遊ぶのをやめた。

幸い盾のほうは、それを使って実験をしても多少は安全だ。それも制御されたエネルギーがもとになっており、ちょうど剣と同じやり方で大きさを調節することができる。最低の設定ではかろうじて彼女の手首を覆うくらいだ。最高に設定すると全身を覆うことができる。それはまた、まぶしさではとても剣には及ばない。実際にはほぼ透明なのだ。光が少しゆがむから、そこになにかがあるとわかる。ほんとうに暑い日の車の排気ガスのようなものだ。

わたしたちはそれが武器としても使用できることを発見した。それをつきとめるには穴がもうひとつ――今回は壁に――開くことになったが、盾の縁はとても鋭いのだ……光についてそういえるなら。

剣と盾、どちらの光も自己充足しているようだ。どちらのまわりにも電磁場のしるしはない。いうまでもないことだが、それらがどうやってあたかもふつうのことであるかのように光子を操れるのか、わたしには見当もつかない。だが彫刻家が粘土で形をつくるように、光を使って好きなことができるようだ。

いまのところ長距離兵器は見つかっていないが、きっと見つかるだろう。彼女は驚きに満ちている。彼女には放たれるエネルギーを集束させる手段が必要だ。もし集束させれば、その兵器の威力はきっとかなり遠くまで及ぶだろう。彼女はほんとうにそれを制御できなくてはならない。さもないと敵よりも味方の軍勢に対して危険な存在になってしまう。彼女に充分な力を投げつけるだけで、まわりの全員を消滅させてしまうことになるからだ。わたしなら戦っている彼女の近くには絶対にいたくない。

その一方で、もしそのエネルギーをすべてひとつの方向に集束させることができれば、彼女は相手にとって悪夢になるだろう。ぶつけられるものはすべて投げ返してしまうだろうし、敵が強ければ強いほど強力になる。それはすでに話してきたことだ。だがわたしは、その方法が当分見つからないよう願っている。

「時の権力者たち」が知るべき重要なことは、わたしたちが彼女の持つさらに破壊的な力をまだ発見していないということだ。もうそれ以上の武器は見つからないと思ったとたん、彼らがわたしたちから彼女を取り上げてしまうことを、わたしは恐れている。わたしたちは時間を有効に使って、彼女がどのように働くのか、そして町を全滅させ軍勢を蒸発させる以外になにができるのかについて、可能なかぎり多くのことを発見しなくてはならない。ヴィンセントにはなにも話していないが、彼はわかっていると思う。

いまわたしたちがやらねばならないのは、とにかく彼女を歩かせることだ。

彼女をちょっとひとまわりさせるまでには、まだ待つ必要があるだろう。ヴィンセントの用意はできていない。自分が歩くのがやっとの状態だ。

いいにくいことだが、わたしたちはすでに彼のけがのせいで数カ月をむだにしている。カーラが早く訓練を再開したくてじりじりしているのはわかるが、ヴィンセントがここまで持ちこたえているのは奇跡だ。あと少しでも無理をさせれば、なにもかも台なしになってしまうだろう。

そんなことをしても事態を悪化させるだけなのでけっして本人にいうつもりはないが、彼らがヴィンセントにしたことには我慢がならない。魅力を感じるのはわかるし、裏付けとなるもっともらしい理屈さえあるが、もしわたしたちが人間のままでいるつもりなら、どこかに線を引かなくてはならない。

ヴィンセントはまだ膝の反転を試みていない。本人はやりたがっているが、わたしはやらせたくない。もしわたしの理解が正確なら、それは彼の脚の裏側に残っているなけなしの筋肉をずたずたにしてしまうことになる。とにかくそれは短すぎるのだ。彼が新しい解剖学的構造に合った筋肉をつけるためには、何カ月もかかるだろう。

ヴィンセントが自分の膝を試さなければならないことはわかっているが、彼はすでに一日二十四時間、痛みに苦しんでいる。それ以上の苦痛を味わわせるつもりはない。それに本人の用意ができていないなにかを無理強いしても、誰の利益にもなりはしない。そんなことをすればヴィンセントは肉体的に、そして精神的に壊れてしまうだろう。それは憤りと不信をもたらし、わたしのチーム全員を必要のない危険にさらすことになる。

いつか彼がそれを試さねばならなくなるのはわかっている。もしそれが一カ月後なら、より簡単になるとも、苦痛が少しでも軽くなるとも思わない。実際には筋肉の量が少し増えているだろうから、おそらく痛みはより強くなるだろう。だがわたしは、彼がその分だけ肉体面で、そして精神面で強くなっていることを願っている。

そうはいっても、わたしは彼女が歩くところを見るのが待ちきれない。

すると、わたしがずっと目をそらしている単純な事実とはなんだろうか？　自分が兵器をつくっていることではない。それが人々を殺すだろうということですらない。そうなるのは時間の問題にすぎない。わたしがこれほど懸命に否定しようとしてきたのは、自分がその一瞬一瞬を大いに楽しんでいるということだ。この件から手を引くだけの信念を持っていたいと思っているが、それと同じくらい最高に楽しいときを過ごしている。わたしは科学者であり、これはわたしにとって呼吸をするようなものなのだ。もしあれと折り合いをつける術を身につけられたら、わたしはまた眠れるようになるかもしれない。

すべてが進行しているあいだオッペンハイマーがなにを考えていたのかを、わたしは調べようとした。一九四五年に彼はこう語っている。

「だが率直にいってわれわれがこの仕事をした理由は、本質的に不可避なことであったからだ。科学者ならあのようなことをやめるのは無理だ。科学者ならこう考える。世界が働く仕組みを解明するのはいいことだ、現実がどういうものかを解明するのはいいことだ、世界を制御するため、そして自らの善悪の判断と価値観にもとづいてそれを扱うよう、最大限の力を人類全体に引き渡すのはいいことだ、と」

ファイル番号一八八

アイスランド航空六七〇便の消失に関する予備報告

連邦航空局《FAA》事故調査兼防止室

デンバー国際空港（DEN）からレイキャヴィク、ケプラヴィーク空港（KEF）へ直行することになっていたアイスランド航空六七〇便（FI六七〇）が、八月十日午前十時三十一分頃、航空管制機器から消失した。このボーイング757‐200型機からは十時十六分、デンバー国際空港のA‐四三ゲートから地上走行の準備が整ったとの交信があった。本機はデンバー地上管制席からの指示に従い、MとEDの誘導路を通り一七L滑走路に向かって地上を走行。滑走路の手前で待機し、管制塔に交信してきた。六七〇便は滑走路の想定位置を過ぎるとただちに離陸許可を与えられた。管制塔とFI六七〇のあいだの全通信は以下のとおりである。航空交通管制官《ATC》との事前の通信に異状はみられない。

FI六七〇：管制塔、こちらはICEAIR六七〇。一七L滑走路の手前、エコー・デルタで待機中。

ATC：おはよう、ICEAIR六七〇。ほかに離着陸機はない。一七L滑走路で位置につけ。

FI六七〇：了解。

六七〇、位置についた。

ATC：ICEAIR六七〇、一七L滑走路からの離陸を許可する。離陸後は一一二・六－一で出域管制席と交信せよ。

六七〇、離陸を許可する……

ICEAIR六七〇、貴機をスクリーン上で見失った。復唱できるか、六七〇？

FI六七〇：いったいあの光はどこからくるんだ？

ATC：復唱できるか、六七〇？

ICEAIR六七〇、こちら管制塔、応答を求む。

六七〇、応答を求む……

調査員たちは十二時十五分頃、現場に到着。FAAの職員は現場に近づくことを拒まれた。

しかし事故の大量のニュース映像によれば、一七L／三五R滑走路のうち、無傷で残っていたのは南端の部分（推定六十メートル）のみであった。直径四百五十メートル深さ九十メートルの大きなクレーターが、滑走路の残りの部分と周囲の誘導路に広がっていた。調査された映像には残骸の影も形もなく、破片の類もいっさい見られない。

状況の異常な性質に加え、痕跡がまったくないことは、六七〇便消失の原因が機械的な故障でもパイロットのミスでもないこと、そして一七L／三五R滑走路の破壊の原因が航空機であるはずがないことを強く示唆するものである。事故の状況は現在説明されていないが、FAAの専門知識の埒外《らちがい》にあるのは明らかであり、現時点ではさらなる調査は保証されていない。

ファイル番号一八九

上級情報顧問（DCIPS）、ヴィンセント・クーチャーとの面談
場所：コロラド州コロラドスプリングス近郊、フォートカーソン陸軍基地

——一から話すのはごめんですよ。もうやめにするわけにはいかないんですか？　ぼくは……ぼくは話したくない……。少しだけ考える時間をもらえれば大丈夫なんだ。ローズはどこですか？　ぼくは彼女に会ってない。カーラはどこに？　カーラに会いたい。

——深呼吸をするんです。きみは緊張を緩める必要がある。わたしはきみが思い出すのに力を貸したいだけなのですよ。

——思い出すって、なにを？　どこだ……

——いけません。横になっていなくては。

——ぼくのブーツはどこだ?

——なにか単純なことからはじめましょう。今朝いちばんにしたことを、わたしに教えてください。

——誰かがぼくのブーツを持っていった。これはなんだ? 病院のガウン? ぼくの服が見あたらない。

——どうかベッドに戻ってください。せめてベッドに腰かけて。

——ぼくの服が……

——わたしがきみの服を探すのを手伝いましょう。さあ、腰かけてわたしを見るんです。わたしに集中してください。今朝目を覚ましていちばんに、なにをしましたか?

——今朝……ぼく……ぼくは……シャワーを浴びて、それから研究室へいきました。早くに研究室に着きました。

――大変けっこう。そこに着いてから、きみはなにをしましたか？

――どこに着いたときに？

――研究室ですよ。きみは早く起きて、それから研究室へいった。

――ええ。

――研究室ではなにをしたのですか？

――歩く練習を……。研究室を何度か歩きまわって、それからぼくは……ぼくは膝を反転させようとしました。

――その調子です。きみがもう試していたとは知りませんでしたね。

——二、三度。

——それはどんな感じがしますか？

——どんな感じって、なにが？　ぼくは……

——膝ですよ。反転させたとき、それはどんな感じがしますか？

——あなたには信じられないくらいの痛みがあります。先週初めて試してみたんです。ローズからはずっと待つようにと、急がないようにといわれつづけてました。当然あなたは彼女と話したものだと思ってましたよ……。その仕組みをあなたが知っているかはわかりませんが、膝蓋骨の下に指を突っこんで、ほんとうに強く押してみてください。それだけでも痛いんですが、膝にはばねが仕込まれていて、それが脚をほんとうに強く後ろへぐっと引っ張るんです。それはとてつもない痛さですよ。最初の何回かは顔から転びました。それはとにかく……すさまじく痛いんです。トラックに脚をひかれたみたいに。

——続けて。

——ぼくは……

——今朝、きみは早くに研究室へいった。

——ええ、いきました。ぼくが着いたときにはまだ誰もいませんでした。

——そしてきみは自分の膝を試した……

——部屋をひとまわりできるか試したかったんです。三分の二くらいまではいきましたが、そこで転んで起き上がれなくなりました。脚が逆に曲がった状態で起き上がるのは、ほんとうに難しいんです。

——それからどうしたのですか？

——転んでからですか？　なにも。ただ仰向けに転がって、誰かがくるのを待ちました。三十分ほどしてローズが入ってきました。彼女はぼくの車椅子を持ってきて、起き上がるのを手伝ってくれました。彼女はシナモンパンを持っていました。コーヒーとシナモンパンを。空港から二キロほどいったところに小さな店があるんです。あそこの菓子パンは最高だ。

――ドクター・フランクリンに助け起こしてもらったあとで、なにがあったのでしょう?

――ぼくたちは座って政治の話をしながらカーラを待ちました。彼女は九時頃現れました。ぼくたちがパンを全部食べてしまったせいで、たっぷり十五分はぐずぐずいってましたよ。ローズがもう少し買ってくるからと約束して、ぼくらは球体まで上がっていきました。ふたりでまた盾を試し、それから剣を試しました。ぼくはカーラに、部屋を少し歩いてみる気はあるかと尋ねました。ぼくらはローズに無線で連絡しました。ローズはやめておいたほうがいいという考えでした。そしてぼくらに、異なる大きさの盾を操る練習をするようにいいました。ぼくらはしばらくいわれたとおりにしていましたが、カーラも頭のどこかで歩くことを考えているのがわかりました。ぼくはふたたび膝を裏返しました。一分かけてその激痛を乗り切ったあと、ぼくは制御装置に自分を固定しました。「ほんとにやる気なの?」とカーラはいいました。ぼくが答えなかったので、自分の操縦席を離れてぼくが位置につくのを手伝ってくれました。

ここは寒いな。どこなんです? 陸軍基地ですか?

――いまはそれは問題ではありません。いいから続けて。

――カーラに会いたい。彼女はぼくと一緒だった。彼女はここに？

――きみの質問にはすべて、すぐに答えましょう。わたしはなにがあったのかを話してもらいたいだけなのです。きみは自分を固定した。そして初めて歩いてみようとしていた。

――ぼくらはやったんです。ヘッドセットは外していましたが、気をもんでいる様子のローズの声は聞こえました。「そこでなにが起きてるの？　あなたたちはなにをやってるの？　応答して！」

ぼくは自分の左脚を持ち上げました。一瞬ぼくらは面食らいました。球体がその動きに適応するときに、空間全体がかすかに傾きはじめたんです。ぼくは右脚を動かし、それからまた左脚を動かしました。ローズは平静を保とうとしていました。「いいわ、もう気がすんだでしょう。さあ、止まってそこから出ていらっしゃい」ぼくはカーラに部屋の端までいって戻ってこようといいました。脚の感覚がなくなりかけているのはわかっていましたが、興奮しすぎて止まることができなかったんです。さらに何歩か進んだとき、ぼくの膝が音《ね》をあげはじめました。

それまでぼくは、膝が後ろを向いた状態で自分の体重以上の重さを支える必要に迫られたことは一度もなかったし、バランスを保つためには一歩ごとに腰を上や後ろに振る必要があって……

もうこれ以上話したくありません。カーラに会いに連れていってもらえますか？

――わかりました。あと一分だけです。それがすめばなんでも好きに尋ねてかまいません。覚えていることをすべて話してくれることが重要なのです。

――カーラとぼくは初めて歩いてみた。部屋の突きあたりまでいきたかっただけなんです。

――なるほど。きみの脚からは力が抜けつつあり……

――ええ。さっきもいったように……ぼくは……ぼくの膝は部屋の突きあたりまであと三歩くらいのところで折れ曲がりました。カーラがなんとかすばやく手を横に持ち上げて、ぼくらが頭から壁に突っこむのを食い止めました。ぼくは前のめりに倒れて操作盤に両手をつきました。それはひどく奇妙な感覚でした。手がふたつのボタンを押したとき、それまで自分たちがふたつ同時に押してみたことが一度もなかったのに気づきました。

興奮して何通りの組み合わせがあるか計算しようとしていたとき、物音のせいで集中しにくいのに気づきました。一瞬前には気づかなかったのですが、それは次第に大きくなっていきました。

——きみがいっているのはどんな音でしょう？

——シューッという音です。その音はどんどん高くなっていきました。カメラのフラッシュを充電する音に似ていましたが、それよりずっとずっと大きいんです。それから音がやみました。

それは完全な静寂でした。球体の外側にあるものすべてが白くなりました。それはあまりにまぶしくて、目を覆わなくてはならないほどでした。一秒か二秒して、指の隙間から部屋がゆっくりと暗くなっていくのを感じました。ぼくはあたりを見まわしました。あたりの様子は、まるで別の場所に移動してしまったみたいでした。

もう屋根はありませんでした。自分たちの上にあるのは空だということに気づきました。ぼくらはまん丸なクレーターの真ん中にいたんです。直径は五百メートルほどあったかもしれません。カーラが上を見ました。ぼくの頭上で、ロボットの頭部が後ろに傾くのが見えました。その岩棚はぼくらがいる場所より少なくとも百五十メートルは上にありました。その縁ぎりぎりのところに大型の飛行機が一機見えました。その最後尾はなくなっていました。脚はまったく問題なさそうだったので、ぼくは後ろを見るためにロボットをぐるっと回転させました。大きな建物がクレーターのはじまっている場所に止まっていました。明かりはほとんど消えていましたが、行きつけのバーのネオンサインが見えました。それはターミナルB、ターミナルBの大部分でした。何分かたって、カーラがぼくに上を見るよういいました。上空で三機か四機のヘリコプターが旋回していました。あれは軍のヘリではなかったと思います。

——たしかに。そうではありませんでした。あれはテレビ局のヘリコプターだったのですよ。われわれのささやかな秘密は、いまや世界のあらゆるテレビ局で放送されています。ヘリを見たあと、きみはどうしましたか？

——ぼくらは制御装置から抜け出して、床の真ん中に座りこみました。カーラがぼくに腕をまわして、横になるのを手伝ってくれました。ぼくらは……どのくらいかよくわかりませんが、何時間にも思えるあいだ、一言もいわずに抱きあっていました。きっとぼくは眠ってしまったんでしょう。ぼくらはどうやって下りたんですか？

——デルタチームがタワークレーンを使ってきみたちを下ろしたのです。

——それは長い時間に思えました……。すみません。ほんとうにすみません。ぼくらはただ……ぼくはあなたがもっと早く先へ進ませたがっていると思ったんです。ローズはけっしてそうはいいませんでしたが、彼女も同じだと思いました。こんなことになるなんて……。ぼくたちはすべて失ってしまったんでしょう? 記録も、なにもかも……。なんといったらいいのかわかりません。ぼくがなんとかする方法を見つけます。ぼくたちにはこの事態を解決できます。

——わたしはこの事態を、きみがいうように解決できるとは思いません。われわれにできるのは、ここから前進しようとすることだけです。

——あのヘリコプター。あれは問題になるでしょうか?

——われわれのプロジェクトにとって命取りになるかということですか? どうでしょうね。わたしにわかるのは、事態が……複雑になるだろうということです。

——もうぼくたちがどこにいるのか尋ねてもかまいませんか?

――ここはフォートカーソン基地の病院です。きみとミズ・レズニックはあの機械から引っ張り出されたあと、空路でここに運ばれてきたのですよ。

――飛行機に乗った記憶はありません。ふたりで床に横になったあとのことはなにも覚えていないんです。

――きみは鎮静剤を与えられたのです。ショックを受けていてね。彼らが球体から連れ出そうとしたとき、きみは興奮していました。それで大人しくさせなくてはならなかったのです。

――カーラはどこです？　彼女に会いたい。彼女は大丈夫ですか？

――彼女は元気ですよ。いくつか先の部屋で眠っています。何時間かきみのそばについていましたが、椅子に座ったまま眠ってしまったのです。わたしが見たときはベッドに入っていました。

――何時間か？　ぼくはどのくらいここに？

——約十六時間。もうじき夜明けです。

——それはまた。ローズはどこですか？　彼女もここに？　あのとき彼女は……彼女は……

——研究室にいました。

——研究室に？　研究室は……。まさか！　彼女はあそこにはいなかった。シナモンパンをもっと買いにいったんだ。そうするといってた。

——彼女は一度もあそこから離れていません。

——そんな！　うそだ！　彼女はシナモンパンをもっと買いにいくといってたんだ！　彼女はパンを少し買いに出かけていった。カーラのためにもっと買いにいくといってた。ほら、ローズとぼくが、ぼくらが全部食べてしまったから。カーラはぼくらに腹を立ててた。ローズはもう少し買いにいくといったんだ。彼女は研究室にはいなかった。

——ミスター・クーチャー。

――ローズは、彼女は……彼女は細かいことまで気にかけてた。ぼくらのことを気にかけてくれてた。ちゃんとぼくらに感謝の思いが伝わるように気を配ってた。毎日。ほら、ちょっとしたことで。コーヒーとか、ケーキとか。どこからかキンダーサプライズ（なかにカプセル入りの玩具が入っている卵形のチョコレート菓子）を少し見つけてきてくれた。それがぼくに故郷を思い出させるのを知ってたんだ。彼女はそれをときどき、ぼくの操縦席にひとつ落としていった。ぼくのロッカーのなかとか、ほんとうにどこにでも置いていけたのに、ぼくが球体のなかに入る前にわざわざエレベーターに乗って上がってきた。そのほうが驚きが大きくなると思ったから、というだけの理由で。だから、わかるでしょう、あのローズがカーラをいつまでもむくれさせておくわけがない。彼女ならもっとパンを買いにいったはずなんだ。

――ミスター・クーチャー……

――彼女はいってた……

――ヴィンセント！……彼女はもういないんですよ。

訳者紹介　関西大学文学部卒。英米文学翻訳家。主な訳書に，マグナソン「ラブスター博士の最後の発見」，ロジャーズ「世界を変える日に」，ジェミシン「空の都の神々は」，カヴァン「あなたは誰？」他。

検印
廃止

巨神計画 上

2017年5月12日　初版
2018年7月20日　4版

著　者　シルヴァン・ヌーヴェル
訳　者　佐《さ》田《だ》千《ち》織《おり》

発行所（株）東京創元社
代表者　長谷川晋一

162-0814/東京都新宿区新小川町1-5
電　話　03・3268・8231-営業部
　　　　03・3268・8204-編集部
URL　http://www.tsogen.co.jp
振　替　00160—9—1565
モリモト印刷・本間製本

ISBN978-4-488-76701-3　C0197

創元SF文庫を代表する一冊

INHERIT THE STARS◆James P. Hogan

星を継ぐもの

ジェイムズ・P・ホーガン

池 央耿 訳　カバーイラスト＝加藤直之

創元SF文庫

◆

【星雲賞受賞】

月面調査員が、真紅の宇宙服をまとった死体を発見した。

綿密な調査の結果、

この死体はなんと死後５万年を

経過していることが判明する。

果たして現生人類とのつながりは、いかなるものなのか？

いっぽう木星の衛星ガニメデでは、

地球のものではない宇宙船の残骸が発見された……。

ハードSFの巨星が一世を風靡したデビュー作。

解説＝鏡明